Wer ist wer in der Pizza-Bande?

Schreibe in die Sprechblasen die richtigen Namen!

Dieses SchneiderBuch gehört

Geschenkt von

Pizza-Bande

Kakerlaken im Salat

oder Die Flüsterstimme

URSEL SCHEFFLER

Schneider-Buch

Die vier von der Pizza-Bande

Tommi, 13 Jahre alt, dunkle Haare, dunkle Augen. Lustig, schnell und mutig, verantwortungsbewußt. Tommi ist aufbrausend, beruhigt sich aber schnell wieder. Er schmaust gern, besonders die Köstlichkeiten aus der Pizzeria seiner Eltern. Sie sind Italiener. Also ist Tommi auch Italiener – aber in Deutschland geboren. In der 6. Klasse der Realschule ist er als Tommaso Carotti bekannt.

Schräubchen, 12 Jahre alt, wird so gerufen, weil sie schon als kleines Kind in der Autowerkstatt ihres Vaters mit Schrauben spielte. Kurze, blonde Haare, blaue Augen. Liebt Radfahren, Schwimmen und Skifahren. Wer sie ärgern will, ruft sie „Schreckschraube". In der Schule rufen sie die Lehrer „Stephanie Wagner".

„TH“, 13 Jahre alt (wenn er seinen Vornamen Walther nennt, sagt er immer, „mit TH, bitte“): sehr groß, sehr dünn, blondes, glattes Haar. Trägt eine Brille. Spielt furchtbar gern Gitarre, aber nicht sehr gut. Walthers Eltern sind geschieden. Er lebt beim Vater, der einen tollen Posten in einer großen Keksfabrik hat. In der Schule schreiben die Lehrer auf das Zeugnis von TH „Walther Roland“ und darunter mittelmäßige Zensuren.

Milli, 12 Jahre alt. Wird Milli genannt, weil sie furchtbar gern viel Milch trinkt. Klein und zierlich. Hat langes, blondes Haar. Milli ist zuverlässig und verantwortungsbewußt. Liebt Tiere über alles. Ihre Lieblinge sind der Hund Moritz und Kater Max, die dicke Freunde sind. Milli will einmal den Bauernhof ihrer Eltern übernehmen. Sie hat Angst vor Geistern und Gespenstern. Die Lehrer, die sie als Anna Obermaier kennen, geben ihr gute Zensuren.

Inhalt

Wo steckt Luigi?	11
Telegramm aus Napoli	19
Konkurrenz belebt das Geschäft	24
Glückssträhne	28
Die Flüsterstimme am Telefon	35
Nicht immer bringen Scherben Glück	38
Kriegsrat unter der Kastanie	43
Spaghetti trifft Erbse	45
Keine Angst vor Kakerlaken	49
Die Pizza-Bande übernimmt den Fall	56
Dem Unbekannten auf der Spur	59
Papa Francesco hört sich um	66
Eine aufregende Nacht . . .	70
. . . und eine brenzlige Situation	75
Inspektor Mauser greift ein	79
Die Dame mit dem gelben Hut	84
Zwei Pizzas und acht Spezi	94
Die Ermittlung läuft	105
Inspektor Mauser mausert sich	107
Nele verdirbt mal wieder alles	109
Die Abrechnung	110
Wer ist der „Onkel"?	116

Wo steckt Luigi?

In der Pizzeria *Mamma Gina* ist der Teufel los. Es herrscht Hochbetrieb, wie meist am Freitagabend. Aber diesmal weiß Vater Francesco wirklich nicht mehr, wo ihm der Kopf steht.

Er muß alle Tische allein bedienen, weil Luigi, der Oberkellner, aus unerfindlichen Gründen nicht gekommen ist. Noch dazu sitzen die Leute bei dem schönen Wetter auch draußen an den Tischen unter den Linden.

„Un momento!" ruft Francesco immer wieder. Dabei lächelt er verzweifelt, um die ungeduldigen Gäste zu beruhigen.

Er läuft zwischen Lokal und Küche hin und her, kaum hat er Zeit, sich die Schweißtropfen von der Stirn zu wischen. Acht Pizza-Teller schleppt er auf einmal, auf jeder Hand vier.

„Und wo bleibt mein Bier?" fragt ein durstiger Gast, als

Francesco mit den Pizzas vorbeijongliert.

„Gleich!“ sagt Francesco und eilt hinter den Tresen, um das Bier zu zapfen. Burgbräu, frisch vom Faß. Während sich der Schaum setzt, steckt Francesco den Kopf durch die Pendeltür und ruft seiner Frau in der Küche zu: „Hat Luigi sich immer noch nicht gemeldet? Und wo zum Teufel ist Tommi?“

Mamma Gina steht in der Küche und hört gar nicht genau, was ihr Mann ihr zuruft, weil sie gerade die Saltimboccas in das zischende Fett in der Pfanne legt. Sie schreckt die Spaghetti ab, belegt blitzschnell neue Pizzas und schiebt sie in den Ofen. Mamma Gina ist durch nichts so leicht aus der Ruhe zu bringen. Das regt Francesco noch mehr auf. Heute wenigstens.

„So sag doch, wo steckt der Junge?“ ruft er noch einmal, jetzt lauter. Nun hört es Gina zwischen den brutzelnden Pfannen und brodelnden Töpfen endlich.

„Er ist mit Steffi und Walther bei Milli auf dem Bauernhof. Sie wollten um acht zurück sein!“ ruft sie ihrem Mann zu.

„Es ist gleich acht!“ brummt Francesco.

Während er am Tresen die Biergläser nachfüllt, murmelt er ärgerlich: „Nie ist die Bande da, wenn man sie braucht!“

Währenddessen werkelt Mamma Gina unverdrossen weiter in ihrem Küchenbereich. Mit flinken Handgriffen garniert sie die Salatteller und schmeckt die Soßen ab. Dabei wirft sie einen raschen Blick auf die Küchenuhr. Fünf vor acht! Na, hoffentlich sind die Kinder pünktlich. Sonst bricht Francesco noch zusammen. Tommi und seine Freunde haben schon öfter als einmal bewiesen, daß sie zupacken können, wenn sie gebraucht werden. Wirklich nette Freunde, die sich Tommi da ausgesucht hat! Gina mag Walther besonders, den blonden schlacksigen Nachbarjungen, der TH genannt wird, da er immer „Walther, bitte mit TH“ sagt. Sie hat immer Angst, daß er irgendwann mal vor Hunger in der Mitte auseinanderbricht. Jedenfalls stopft sie immer alles mögliche in ihn hinein und bemuttert ihn ein bißchen. Schließlich ist es nicht einfach für einen Jungen, der ohne Mutter aufwächst und seinen Vater nur abends oder am Wochenende sieht. Aber auch Steffi und Milli sind nette Mädchen, immer freundlich und hilfsbereit, wenn es darauf ankommt.

Einmal in der Woche kocht Gina für alle ihr Leibgericht, eine *Pizza speciale*, über die sich die vier jedes Mal mit Begeisterung hermachen. Die Vorliebe für Pizza hatte den Kindern schließlich auch den Namen „Pizza-Bande“ eingetragen. Dieser Name wurde zum Markenzeichen für die vier Freunde. Und das kleine Nebenzimmer mit der gemütlichen Eckbank wurde zum „Pizza-Treff“. Dort sitzt die Pizza-Bande oft zusammen und schmiedet Pläne. In den vier Wänden des kleinen Raumes haben sie sich schon die abenteuerlichsten Dinge ausgedacht. Oft betrafen sie allerdings Abenteuer, in die die vier fast ohne eigene Schuld hineingeschlittert waren, sei es durch ihre Hilfsbereitschaft, durch ihren Sinn für Gerechtigkeit oder – durch ihre Neugier.

Der Zeiger der Küchenuhr rückt auf acht.

„Neue Teller!“ ruft Francesco durch die Tür.

Gina macht die Spülmaschine auf und kriegt fast einen Schlaganfall: die Teller sind schmutzig!

„Santa Maria“, ruft sie entsetzt. „Jetzt ist auch noch die Spülmaschine kaputt!“

Nun ist es selbst mit Ginas Ruhe vorbei.

Ein Geschäftstag wie dieser! Und dann läßt einen nicht

nur Luigi im Stich, sondern auch noch die Spülmaschine. Erleichtert atmet sie auf, als sie im Hinterhof vor dem Küchenfenster das Klappern von Rädern hört und fröhliches Klingeln.

Sie wirft das Geschirrhandtuch in die Ecke und reißt die Tür auf: „Tommi, Junge! Wie gut, daß du endlich da bist!" Und dann überfällt sie ihn mit einem italienischen Wortschwall.

Sie klärt ihn gestenreich über die Kette von Mißgeschikken auf, die über die Pizzeria hereingebrochen sind.

„Und wo steckt Luigi?" fragt Tommi.

„Tja, wo steckt Luigi? Das weiß der Teufel!" sagt Mamma Gina und flitzt in die Küche zurück, weil Francesco wieder nach Tellern ruft.

Walther und die beiden Mädchen bekommen nur die Hälfte mit. Aber soviel verstehen sie, daß jetzt Mithilfe und Tatkraft gefragt sind.

Die Spülmaschine ist kaputt? „Na, dann nichts wie ran!" sagt Milli und krempelt die Ärmel hoch.

„Und ich werde für Luigi einspringen", meint Walther und drängt sich gleich nach Milli in die Küche.

„Ich helfe auch gleich mit", sagt Steffi, „aber ich muß erst zu Hause Bescheid sagen, sonst kriegt mein Vater wieder Zustände! Außerdem muß ihm Mami noch beibringen, daß ich Milli zum Übernachten mitbringe. Er will immer alles vorher wissen und mag keine Überraschungen!" Schon ist sie davon. Sie nimmt den geheimen Abkürzungsweg über die Mülltonnen und die Gartenmauer. In wenigen Minuten ist sie zurück.

Um acht Uhr fünfzehn ist die Pizza-Bande voll im Einsatz. Die Spülmaschine leert sich, und der Stapel mit sauberen Tellern wächst. Walther schlängelt sich durch das vollbesetzte Lokal, zückt den Bleistift und fragt: „Was darf es sein?"

Dann gibt er die Bestellung an die Küche weiter, wo Mamma Gina ihre gewohnte Ruhe wiedergefunden hat. Francesco kümmert sich um die Getränke, die an diesem heißen Tag besonders gefragt sind.

„Ist das Ihr neuer Oberkellner?" erkundigt sich ein junger Mann im eleganten Anzug mit einem halb bewundernden, halb belustigten Blick auf Walther.

„Unser neuer... nein, nein! Er springt nur netterweise ein, weil Luigi nicht gekommen ist. Er ist... er ist... er ist plötzlich krank geworden", schwindelt Francesco, weil er nicht zugeben will, daß ihn sein Kellner einfach im Stich gelassen hat.

„Wie bedauerlich. Ein tüchtiger Mann, dieser Luigi, nicht wahr?"

„Ja, ja", sagt Francesco zerstreut. Er hat jetzt keine Zeit für längere Unterhaltungen. Außerdem ist ihm der junge Mann sowieso nicht sonderlich sympathisch. Er war in letzter Zeit öfter hier und benahm sich ziemlich arrogant. Der verwöhnte Neffe eines reichen Onkels oder so. Das hat jedenfalls Luigi erzählt, der von ihm immer ein dickes Trinkgeld bekam.

„Die Pizza ist ausgezeichnet. Was ist das Geheimnis?" erkundigt sich der junge Mann, der eine *Pizza misteriosa* gegessen hat.

„Das Geheimnis hütet meine Frau in der Küche!" sagt Francesco. „Scusi! Sie ruft mich!" Er eilt durch die Pendeltür und kehrt gleich darauf mit zwei frisch bereiteten Fleischgerichten zurück, die er dem Ehepaar am Nebentisch serviert.

Nun läuft alles wieder wie am Schnürchen. Francesco,

Gina und die Pizza-Bande haben das Wochenendgeschäft im Griff. Man spürt richtig, wie sich Mamma Ginas Fröhlichkeit von der Küche her über das ganze Lokal verbreitet.

„Jetzt haben wir bald das Schlimmste geschafft", sagt Francesco. Er findet sogar Zeit, in der Küche ein zartes Steak und einen Teller Salat zu verspeisen. Aber die Verschnaufpause ist nur kurz! Wenige Minuten später nimmt draußen an den Tischen unter den Sonnenschirmen eine ganze zehnte Klasse Platz. Die Schüler freuen sich, daß sie die nette Pizzeria gefunden haben, und wollen dort den letzten Abend ihrer Klassenreise feiern. Es ist schon zehn. Walther nimmt die Bestellungen auf. Er läuft zu Mamma Gina in die Küche und ruft: „Noch zwanzigmal Pizza und dreimal Spaghetti!"

Mamma Gina rollt mit den Augen und bläst die runden Backen auf. Dann macht sie sich an die Arbeit. Milli und Steffi sorgen wieder für frisches Geschirr. Tommi schneidet die Salami.

„Mann, war das ein Tag!" stöhnt Walther, als alle, bis auf ein Liebespaar, die Pizzeria verlassen haben. Milli wischt die Tische ab, Steffi rückt die Stühle zurecht. Aber die beiden Verliebten halten sich immer noch an ihren Rotweingläsern fest und sehen sich tief in die Augen.

Papa Francesco rechnet das Geld in der Kasse zusammen. Er macht ein zufriedenes Gesicht.

Da klingelt das Telefon. Francesco hebt den Hörer ab. Es meldet sich niemand. „Komisch", murmelt er. „Das ist heute schon das dritte Mal. Und immer bilde ich mir ein, daß am anderen Ende der Leitung einer atmet." Er legt den Hörer auf.

Das Klingeln des Telefons hat offenbar auch das junge

Paar aus seinen Träumen gerissen. „Oh, wir sind die letzten“, sagt das Mädchen verlegen. Dann zahlen sie.

„Endlich!“ sagt Walther, als er hinter ihnen die Tür zuschließt.

„Ich hab euch noch etwas ins Pizza-Zimmer gestellt!“ sagt Mamma Gina. Und dann gehen die vier Kinder in das kleine Hinterzimmer, wo auf dem Tisch eine köstliche gekühlte Melone für sie aufgeschnitten ist.

„Das ist gut!“ sagt Tommi und nimmt sich das größte Stück.

„Typisch!“ sagt Milli mit einem schrägen Blick auf seinen Teller.

„Es ist genug für alle da!“ sagt Walther und fügt dann zu Tommi gewandt hinzu: „Weshalb war denn heute die ganze Aufregung? Nur wegen Luigi? Wo steckt er?“

„Keine Ahnung“, antwortet Tommi mit vollen Backen.

„Er hätte ja wenigstens anrufen können. Anrufen kann man immer. Das behauptet jedenfalls mein Vater immer“, sagt Steffi.

„Es wird ihm doch nichts passiert sein?“ befürchtet Milli.

„Ach was, dem Luigi doch nicht!“ sagt Tommi. „Vielleicht ist ihm sein Gewinn zu Kopf gestiegen.“

„Was für ein Gewinn?“ erkundigt sich Milli interessiert.

„Na, angeblich hat er im Lotto gewonnen.“

„Viel?“ erkundigt sich Walther.

„Ein paar tausend Mark, glaube ich“, sagt Tommi.

„Aber deshalb kann man doch nicht einfach von der Arbeit wegbleiben“, meint Steffi.

„Na, es wird sich ja herausstellen“, sagt Tommi.

„So, Kinder! Avanti, avanti! Jetzt ist es Zeit fürs Bett!“ ruft Mamma Gina zur Tür herein. Und dann bedankt sie sich noch einmal überschwenglich für die Hilfe der vier.

„Gern geschehen!“ sagt Steffi.

Danach verabschieden sich die beiden Mädchen. Steffi will wieder die Abkürzung über die Gartenmauer nehmen, aber Milli ist das mitten in der Nacht nicht ganz geheuer.

„Laß uns außen rum fahren. Mit dem Rad geht das genauso schnell!“ bittet sie.

„Wenn du meinst!“ sagt Steffi. „Aber dafür erzähle ich dir noch eine Gruselgeschichte vor dem Einschlafen!“

„Untersteh dich!“ sagt Milli und schwingt sich aufs Rad.

Im zweiten Stock des Nachbarhauses geht das Licht an: Walther hat einen Schlüssel, und so braucht er seinen Vater nicht aufzuwecken, der schon tief und fest schläft.

Auch die Familie Carotti steuert zielstrebig das Bett an. Als Francesco sich die Bettdecke bis an die Nasenspitze zieht, klingelt wieder das Telefon.

„Das Telefon!“ sagt Mamma Gina.

„Laß es läuten!“ sagt Francesco, der keine Lust hat, sich mitten in der Nacht noch einmal an der Nase herumführen zu lassen. Und dann ist es ruhig in der Königstraße. Ein Mann im dunkelblauen Trenchcoat verläßt die Telefonzelle an der Ecke. Er geht mit hochgeschlagenem Kragen vor der Pizzeria auf und ab. Er wirft einen Blick zum ersten Stock hinauf, wo jetzt das Licht ausgeht, weil Mamma Gina die Nachttischlampe ausknipst.

Der Mann sieht auf die Uhr und verschwindet.

Telegramm aus Napoli

Am nächsten Tag wartet Francesco wieder vergeblich auf Luigi. Und am übernächsten auch.

Am Montag kommt ein Telegramm. Francesco wird mitgeteilt, daß Luigi überraschend nach Neapel geflogen sei, weil seine Großmutter gestorben ist.

„Er hätte doch vorher anrufen können!" sagt Mamma Gina.

„Vielleicht hat er uns nicht erreicht?"

„Na, es war fast immer jemand da", sagt Mamma Gina. „Wann kommt er denn zurück?"

„In zwei Wochen, steht hier", sagt Francesco.

Da kommt Tommi pfeifend zur Tür herein.

„Die letzte Stunde ist ausgefallen. Mann, hab ich einen Hunger!" ruft er und stürmt in die Küche. Er hebt einen Deckel nach dem anderen hoch und schnuppert in den Töpfen. „Ratet mal, wen ich unterwegs getroffen habe", sagt er.

„Ein kariertes Kaninchen?" rät Mamma Gina.

„Nein, Luigi!"

„Aber das ist doch nicht möglich!" sagt Francesco und hält ihm das Telegramm hin. „Luigi ist in Napoli!"

„Ich glaube nicht, daß ich mich geirrt hab", sagt Tommi und liest stirnrunzelnd das Telegramm. „Er saß in einem schwarzen Ferrari. Der hielt einen Augenblick neben mir an der Ampel."

„Wie kommt denn Luigi zu einem Ferrari?" wundert sich Gina.

„Na, er hat doch im Lotto gewonnen!“ sagt Tommi.
„Das hat er dir bestimmt bloß weisgemacht!“ brummt Gina.
„Ich hab doch gehört, wie er am Telefon jemandem von einem großen Gewinn erzählt hat!“ trumpft Tommi auf.
„Luigi erzählt viel, wenn der Tag lang ist“, sagt Francesco.
„Aber ein so teures Auto hat er nicht. Das kann er sich gar nicht leisten. Letzte Woche hat er sogar Geld von mir geliehen.“
„Nun, er ist auch nicht selbst gefahren. Er saß neben einem anderen Mann. Sie haben gelacht“, sagt Tommi.
„Ich weiß nicht recht...“, zweifelt Francesco und starrt auf das Telegramm.
„Na, ich kann mich geirrt haben“, räumt Tommi ein. „Hauptsache, ich kriege jetzt was zu essen!“
„Setz dich drüben hin. Da kannst du inzwischen Schularbeiten machen, bis Nele kommt!“ sagt Mamma Gina.

Tommi hebt seinen Ranzen auf, den er vorher in die Ecke neben den Mülleimer gepfeffert hat, und verzieht sich ins Pizza-Zimmer.
„Wenigstens brauchen wir jetzt keine Suchmeldung bei der Polizei aufzugeben“, sagt Francesco, der sich um seinen Kellner ernsthaft Sorgen gemacht hat.
„Unkraut vergeht nicht. Hab ich dir doch gesagt!“ ruft ihm Mamma Gina von der großen Pfanne her zu, in der sie vier Lammkoteletts brät. Eins für Francesco, eins für Tommi, eins für sich selbst und eins für Tommis achtjährige Schwester Nele, die jetzt jeden Augenblick aus der Schule kommen muß. Da ist sie schon! Die Tür fliegt auf, und Nele schießt herein. Ein schwarzes Ungeheuer von Hund rennt hinter ihr her. „Der ist mir den ganzen Weg

über nachgelaufen!“ keucht sie. Jetzt steht er neben der Küchentür und wedelt mit dem Schwanz. „Bestimmt hat er Hunger!“ sagt Nele und krault ihn zwischen den Ohren.

„Woher willst du das wissen?“ fragt ihre Mutter.

„Na, ich hab ihm schon mein ganzes Pausebrot gegeben, aber er ist immer noch nicht satt!“

„Kein Wunder, wenn er dir dann nachläuft!“ sagt Francesco und zieht seine Tochter liebevoll an den zerzausten Haaren.

„Ich möchte sooo gern einen Hund haben!“ bettelt Nele.

„Jetzt fang nicht wieder *damit* an!“ sagt die Mutter und rennt lachend in die Küche. Dort kocht die Gemüsesuppe, Mamma Ginas berühmte Minestrone.

„Ich hab dir schon oft gesagt, einen Hund können wir hier in der Pizzeria nicht haben“, sagt Vater Francesco ernst.

„Gerade!“ beharrt Nele. „Wo immer so viel überbleibt. Fleischreste, Knochen und alles. Das wirft Mamma in den Müll.“

„Erstens ist ein Hund kein Mülleimer, und zweitens hätte das Gesundheitsamt etwas dagegen.“

„Ein Hund wäre so gesund für mich“, mault Nele. „Was kann das Gesundheitsamt dagegen haben?“

„Das Gesundheitsamt kümmert sich unter anderem darum, daß es in den Lokalen sauber ist. Vor allem in der Küche. Ein Hund gehört da nicht hin.“

Man sieht Neles Gesicht deutlich an, daß sie über das, was gesund ist oder nicht, mit dem Papa und dem Gesundheitsamt nicht gleicher Meinung ist.

„Essen ist fertig!“ ruft Mamma Gina aus der Küche.

Wenig später sitzen die Carottis gemütlich um den Mittagstisch, allerdings nicht lange. Dann geht die Tür auf, und die ersten Mittagsgäste kommen in die Pizzeria. Meist sind es Stammgäste aus den umliegenden Geschäften, aus den Büros oder dem Rathaus.

„Unsere Minestrone ist heute sehr zu empfehlen!" sagt Francesco gutgelaunt.

Das Telefon klingelt. Tommi nimmt ab.

„Für dich, Papa!" ruft Tommi und schneidet eine Grimasse, weil er den Anrufer kennt. Es ist Herr Knopfloch von gegenüber. Oft genug schon hat er sich über die Kinder beschwert, weil sie angeblich beim Spielen zu viel Lärm machen. Diesmal sind es allerdings nicht die Kinder, die ihn stören.

„Gestern abend nach zehn war noch Krach in Ihrer Kneipe!" beklagt er sich.

Francesco bleibt mühsam höflich. „Entschuldigen Sie bitte vielmals. Ich hab viel zu tun!" sagt er und legt auf.

„Bring schnell den Parmesankäse zu Tisch vier!" ruft er Tommi zu.

Tommi tut es und fragt dann: „Kann ich jetzt gehen? Wir haben uns bei Steffi verabredet."

„Sind die Schularbeiten fertig?"

Tommi nickt zögernd.

„Dann meinetwegen. Aber kommt nicht so spät wie gestern!"

Doch da ist Tommi schon durch die Pendeltür in die Küche verschwunden. Er holt sich noch zwei Äpfel aus dem Obstkorb, dann geht er durch die Küchentür auf den Hinterhof. Dort befindet sich auf der linken Seite ein kleiner Lagerschuppen, an dem Tommis Rad lehnt. Aber Tommi fährt diesmal nicht mit dem Rad. Er wählt den Schleichweg, der über die Nachbargärten und Hinterhöfe bis zu Otto Wagners Autowerkstatt führt.

Hinter den Garagen trifft er Walther.

„War wohl heute schnelle Küche bei dir, was?“ fragt Tommi.

„Tütensuppe und Butterbrot“, sagt Walther. Er kocht mittags immer selbst, weil sein Vater in der Kantine der Keksfabrik ißt, wo er als Hausverwalter angestellt ist.

„Hier nimm, Vitamine!“ sagt Tommi und hält ihm einen Apfel hin.

„Danke“, sagt TH und poliert den Apfel an seinen reichlich verblichenen Jeans, ehe er herzhaft hineinbeißt.

Als sie bei den Wagners ankommen, verhandelt Otto Wagner gerade mit einem Kunden über einen zerbeulten Unfallwagen. „Das werden wir schon wieder hinkriegen“, sagt er. Und als er Walther und Tommi entdeckt, ruft er: „Schräubchen ist oben! Ihr könnt schon mal hochgehen!“

Den Spitznamen „Schräubchen“ hat Steffi der Tatsache zu verdanken, daß sie sich, seit sie laufen konnte, immer mehr für Vaters Werkzeugkasten als für Puppen interessierte. Blitzschnell entwischte sie immer wieder in die Autowerkstatt, wo sie allerlei interessante „Ersatzteile“ für ihre Spielzeugkiste zusammensuchte. Ihre Hosentaschen waren immer voller Schrauben.

Auch jetzt sieht das große sportliche Mädchen mit den kurzgeschnittenen blonden Haaren und den Latzhosen eigentlich mehr wie Meister Wagners jüngster Lehrling aus.

„Hallo, ihr beiden!“ ruft Steffi, als sie die beiden unten im Flur stehen sieht. „Kommt rauf! Milli ist schon da!“ Auf dem Boden von Steffis Zimmer sind Landkarten ausgebreitet.

Kurz darauf liegen alle vier auf dem Boden und schmieden Pläne für eine Radtour. Sie können ja nicht ahnen, daß keine zwei Kilometer entfernt auch jemand mit Pläneschmieden beschäftigt ist. Einer, der in der nächsten Zeit ihre Pläne ganz schön durchkreuzen wird...

Konkurrenz belebt das Geschäft

Sonntags kommt meist das Rentnerehepaar Laub zum Essen in die Pizzeria. Die Laubs wohnen in der Königstraße Nummer 18, schräg gegenüber der Pizzeria. Sie wollen immer einen Fensterplatz, weil sie von dort aus zu ihrem Wohnzimmerfenster hinübersehen können, wo Herr Schnurz, ihr schwarzer Kater, beleidigt auf der Fensterbank sitzt. Er ist sehr verwöhnt und bleibt nicht gern allein. Die Laubs winken dem Kater zwischendurch mal zu, was der verlassene Herr Schnurz aber nicht sieht oder nicht sehen will.

„Haben Sie's schon gehört, Francesco? In der Innenstadt hat eine neue Pizzeria aufgemacht. Heißt *Bella Napoli* oder so ähnlich", sagt Herr Laub, als er zahlt.

„Meine Tochter war dort", ergänzt Frau Laub. „Es soll sehr vornehm eingerichtet sein. Alles vom Besten. Bloß die Pizza, die schmeckt bei Ihnen um Klassen besser, sagt meine Tochter!"

„Und darauf kommt es schließlich an, finden Sie nicht?" sagt Francesco und lacht. Dann spendiert er seinen Stammkunden zum Nachtisch den gewohnten Grappa.

Gina erscheint mit hochroten Backen an der Küchentür. Sie hat ein kleines Päckchen in der Hand.

„Gehen Sie nur nicht ohne den Sonntagsgruß an Herrn

Schnurz!“ ruft sie und gibt den Laubs die Hühnerleber, die sie in Alufolie eingewickelt hat. Sie ist noch warm.

„Vielen Dank!“ sagt Herr Laub. „Herr Schnurz wird sich sicher noch persönlich bedanken beim nächsten Besuch in ihrem Kirschbaum!“

„Nette Leute, die Laubs“, sagt Francesco, als sie gehen.

„Nette Leute, die Carottis. Und so fleißig“, sagt Herr Laub zu seiner Frau, als sie die Straße überqueren.

Es sind nicht nur die Laubs, die Francesco auf die neue Pizzeria aufmerksam machen. Auch der Portier aus dem nahegelegenen Rathaus gesteht, daß er Francesco untreu geworden ist und die neue Pizzeria ausprobiert hat.

„Aber bei Ihnen sind die Preise besser und auch das Fleisch“, versichert er. Deshalb ist er reumütig wieder zurückgekehrt.

„Nun ja“, sagt Francesco. „Es gibt genug Kunden für zwei Pizzerias in Sommerberg. Wir werden uns in Zukunft eben noch mehr anstrengen. Wie sagt man: Konkurrenz belebt das Geschäft!“

Und es sieht wirklich so aus, als ob Francesco die neue Pizzeria nicht fürchten muß. Die Tische sind oft drei Tage im voraus bestellt. Wer hätte das gedacht, als er damals mit der kleinen Pizza-Bude auf dem Markt angefangen hat! Das ist nun fast fünfzehn Jahre her. Jahre an Fleiß und Sparsamkeit liegen dazwischen. Ab und zu einmal ein paar Tage Urlaub in den Bergen – mehr haben sie sich nicht gegönnt in all den Jahren. Schließlich mußten die Schulden abgezahlt werden, die sie gemacht hatten, um den Laden eröffnen zu können. Jetzt war es fast geschafft.

Sorgen macht Francesco im Augenblick das Personal. Für vierzehn Tage hat er eine Aushilfe gefunden. Aber dann braucht er dringend einen neuen Kellner. Das heißt, falls Luigi bis dahin nicht zurück sein sollte.

Ob bei den Stellengesuchen etwas Passendes dabei ist?

Francesco breitet die Zeitung auf dem Thresen aus, lehnt sich darüber und stützt die Hand aufs Kinn. Es fällt ihm immer noch ein bißchen schwer, das Anzeigendeutsch zu verstehen, wenn er auch sonst fließend deutsch spricht – wenn er will.

„Buon giorno“, sagt da plötzlich eine fröhliche Stimme.

Erschrocken fährt Francesco hoch. Da steht der, mit dem er sich in der letzten Zeit in seinen Gedanken mit wechselnden Gefühlen beschäftigt hat: Luigi!

Einen Augenblick lang ist Francesco sprachlos, dann sagt er: „Luigi – wo kommst du her?“

„Aus Napoli. Haben Sie mein Telegramm nicht bekommen?“

„Doch“, sagt Francesco. „Aber das war eine ziemlich böse Sache, wie du uns hast hängen lassen. Das tut man nicht! Da ruft man wenigstens an. Und wenn's auf dem Flughafen ist.“

„Ich bin mit dem Auto gefahren...“, sagt Luigi schnell.

„Mit einem schwarzen Ferrari?“ erkundigt sich Francesco mißtrauisch, dem plötzlich Tommis Beobachtung wieder einfällt.

„Nein, das heißt ja, aber woher wissen Sie das?“ stottert Luigi unsicher.

„Tommi hat dich in der Stadt gesehen. Und zwar *nachdem* das Telegramm aus Napoli kam!“ sagt Francesco und blickt Luigi scharf an. Er hat ihn bis jetzt wie seinen Sohn behandelt. Er kennt ihn genau, und er spürt, daß Luigi verlegen wird. Luigi schwindelt öfter mal, meist nur aus Angabe. Aber hier handelt es sich um eine ernste Angelegenheit. Irgend etwas stimmt nicht.

„Meine Großmutter ist gestorben...", sagt Luigi ausweichend.

„Warst du *wirklich* in Napoli?" hakt Francesco nach.

Luigi wird immer unsicherer. Er verwickelt sich in Widersprüche. Er erzählt etwas von seiner Schwester, die das Telegramm aufgegeben hat, von einer Panne, und daß er nicht ganz in Napoli war und so weiter.

„Und was ist mit deiner Großmutter?"

„Die ist wirklich gestorben! Ich schwöre es bei allen Heiligen!" sagt Luigi. Aber er sagt nicht, daß sie schon vor sieben Jahren gestorben ist.

Francesco zögert. Er weiß nicht, wie er sich verhalten soll. Wenn Luigi sich jetzt entschuldigt hätte, wenn er gesagt hätte, was er an dem Freitagabend wirklich gemacht hat, als bei den Carottis das Geschäft fast zusammenbrach, dann hätte er ihn sicher wieder eingestellt.

Aber Luigi schweigt trotzig. Über diesen Freitagabend will er kein Wort mehr verlieren. Nicht einmal schwindeln will er deswegen. Diesen Freitag will er ganz aus seinem Gedächtnis streichen.

Er sieht Francesco eine Weile stumm ins Gesicht. Dann ruft er plötzlich mit funkelnden Augen: „Also gut! Dann gehe ich eben zur Konkurrenz! Ich habe sowieso ein gutes Angebot. Ich brauche nur zuzugreifen. Ich bin nicht angewiesen darauf, daß ich hier um Gnade bitte!"

Jetzt ist Francescos Geduld zu Ende.

„Aha, daher weht der Wind! Dann scher dich zum Teufel und laß dich hier nicht mehr blicken!"

Beide wenden sich voneinander ab. Luigi verläßt die Pizzeria und schlägt die Tür heftig hinter sich zu. Francesco geht in die Küche. Er sucht Mamma Gina. Sie ist auf der kleinen Wiese hinter dem Haus und hängt die Wäsche auf.

Wütend berichtet er ihr von dem Vorfall.

„Na, jetzt wissen wir wenigstens, wo wir dran sind“, sagt Gina. „Reg dich nicht auf. Das regelt sich alles! Komm, ich mach dir einen Kaffee. Und die Apfeltorte ist auch gleich fertig.“

„Wenn ich dich nicht hätte“, sagt Francesco. Und als sie zusammen ins Haus zurückgehen, legt er liebevoll den Arm um ihre Schultern.

Glückssträhne

Das war doch Luigi? denkt Tommi, als er mit dem Rad von der Schule nach Hause kommt. „Luigi!“ ruft er. Aber Luigi hört ihn nicht oder will ihn nicht hören.

Wütend, mit gesenktem Kopf, stapft er die Königstraße entlang. Er hat die Hände tief in die Hosentaschen vergraben und starrt auf die Spitzen seiner schwarzen Schuhe. Nur wenn er eine Straße überquert, sieht er flüchtig nach links und nach rechts. Je näher er der Innenstadt kommt, desto mehr zweifelt er daran, ob er sich Francesco gegenüber richtig verhalten hat. Wenn es nun mit der neuen Stellung nicht klappt? Wenn ihm der Mann damals falsche Versprechungen gemacht hat? Wenn er längst einen anderen Kellner hat?

Außerdem hat er sich immer wohl gefühlt bei den Carottis. Für ihn, der ohne Eltern aufgewachsen ist, sind Gina und Francesco wie Vater und Mutter gewesen. Aber trotzdem! Er ist ein erwachsener Mann und fremden Leuten keine Rechenschaft schuldig über sein Privatleben.

Besonders wenn es um eine peinliche Angelegenheit geht, wie um diesen Freitagabend! An allem ist nur Leo schuld. Dieser Leo! Luigi spuckt in hohem Bogen in den nächsten Rinnstein.

Aber woher hat er wissen sollen, wie alles enden würde? Schließlich ist er kein Hellseher. Dabei hat alles so harmlos angefangen!

Luigis Gedanken wandern zurück zu dem Tag vor ein paar Wochen, an dem er Leo zum ersten Mal getroffen hat. Sie standen zufällig nebeneinander auf dem Fußballplatz und ärgerten sich gemeinsam über die schlechte Leistung der Sommerberger Mannschaft. Hinterher tranken sie zusammen ein Bier.

Leo erzählte, daß er Aushilfskellner im *Goldenen Drachen* in der Wächterstraße war, und daß er sich am nächsten Tag einen Ferrari kaufen wollte.

„Gebraucht, aber so gut wie neu und tipptopp in Schuß!"

Er lud Luigi an seinem nächsten freien Tag zu einer Probefahrt ein. Der tolle Wagen imponierte Luigi ungeheuer.

„Mann, wie kannst du den bezahlen?" staunte Luigi.

„Man hat so seine Nebeneinnahmen!" sagte Leo und grinste vielsagend. Mehr war zunächst nicht aus ihm herauszubekommen.

Als sie sich dann besser kannten, erzählte Leo, daß er Luigi auch gern zu „Nebeneinnahmen" verhelfen würde. Schließlich sei er ein guter Freund. Er bat sich nur höchste Verschwiegenheit aus.

„Ehrensache", sagte Luigi. Und dann nahm Leo ihn mit in das Hinterzimmer des *Goldenen Drachen*, das man nur betreten durfte, wenn man dem Oberkellner ein bestimmtes Code-Wort sagte. Die ganze Geheimnistuerei beeindruckte Luigi sehr. Aber als er dann in die mit rotem Samt ausgeschlagene „Spielhölle“ trat, bekam er aber doch Angst. Leo faßte ihn am Ellbogen und sagte: „Sieh dir in Ruhe alles an. Wenn man es geschickt anstellt, kann man Millionär werden!“ Er deutete auf einen dicken Mann im viel zu engen schwarzen Jackett, der gerade einen Haufen Geldscheine zusammenraffte und vor sich auftürmte.

„Mann – so viel Geld haben wir nicht mal samstags in der Kasse!“ staunte Luigi. Als sich seine Augen an das gedämpfte Licht und seine Ohren an die gedämpften Stimmen gewöhnt hatten, begann er wieder vernünftig zu überlegen.

„Alles was der Dicke gewonnen hat, haben die anderen verloren!“ flüsterte er Leo zu.

„Richtig. Aber ich hab einen todsicheren Tip. Ich hab das Geschäft lange genug studiert. Kennst du dich mit Kartenspielen aus?“

„Einigermaßen!“ sagte Luigi.

„Dann komm mit!“

An einem Tisch saßen drei Männer beim Pokern.

„Was dagegen, wenn mein Freund ein paar Runden mitspielt?“ erkundigte sich Leo. Wenig später saß Luigi am Tisch. Leo blinzelte ihm aufmunternd zu. Aus dem Einsatz von zehn Mark wurde bald ein Gewinn von hundert Mark. Und als Luigi eine Stunde später die Spielhölle des *Goldenen Drachen* verließ, hatte er fünfhundert Mark gewonnen. Als Luigi im Bett lag, konnte er vor Glück kaum einschlafen. Und am nächsten Abend mußte ihn Leo nicht lange überreden, mitzukommen. Diesmal hatte sich Luigi auch an einen der anderen Spieltische gewagt, mehr riskiert und war schließlich um tausend Mark reicher nach Hause gegangen.

In dieser Nacht träumte er von einer Urlaubsreise in seine Heimatstadt Napoli – im eigenen Ferrari!

Und dann kam der „schwarze Freitag".

„Ich hab heute Dienst! Tut mir leid!" sagte Luigi, als ihn Leo wieder zum Spiel im *Goldenen Drachen* überreden wollte. „Dann gehen wir vormittags – jedenfalls muß es heute sein. Erstens hat ein Freund von mir Dienst. Denn dem Glück muß man immer ein bißchen nachhelfen, das kannst du dir denken. Und zweitens habe ich dein Horoskop gelesen! Es ist ein Jahrhundert-Horoskop für diesen Tag. Sieh her!"

Das Horoskop, das Leo aus einer Zeitung herausgerissen hatte, war traumhaft. Und ein bißchen abergläubisch war Luigi schon. So viel jedenfalls, daß er um jeden schwarzen Kater einen Bogen machte, Herrn Schnurz ausgenommen, und niemals unter einer Leiter durchging.

„Na gut. Gehen wir mittags. Aber ich muß spätestens um fünf bei *Mamma Gina* sein."

Zunächst bereute Luigi seinen Entschluß nicht.

„Siehst du, ich hab dir's gesagt!" Leo strahlte, als sich vor Luigi ein immer größerer Haufen mit Geldscheinen stapelte.

„Noch ein Spiel, dann muß ich gehen", flüsterte Luigi. Und dann verlor er. Das nächste und das übernächste Spiel auch. Der sieggewohnte Luigi konnte es nicht fassen. Was war mit seiner Glückssträhne plötzlich los? Er setzte mehr und immer mehr, um im nächsten Spiel den Verlust des vorhergehenden wieder wettzumachen.

„Wo ist dein Freund?" erkundigte sich Luigi bei Leo.

Leo zuckte bedauernd die Achseln.

„Was ist mit meinem Glück?" fragte sich Luigi verzweifelt.

„Versuch es noch einmal. Setz alles im letzten Spiel! Dein Horoskop, Luigi! Es muß klappen!“ sagte Leo beschwörend.

Luigi spielte und verlor. Seine Glückssträhne hatte sich in eine hartnäckige Pechsträhne verwandelt. Alle schienen es zu wissen. Und es war nicht das erste Mal, daß das in der Spielhölle des *Goldenen Drachen* passierte – denn hier wurde nicht nur hoch, sondern auch falsch gespielt.

„Ich leih dir was“, sagte Leo großzügig und schob Luigi hundert Mark hin. Als Luigi die Spielhölle verließ, war er ein armer Mann. Schlimmer, er hatte zweitausend Mark Schulden bei Leo.

„Komm, wir trinken einen zusammen“, sagte Leo.

Luigi ertränkte seinen Kummer in Alkohol. Er wußte nicht, wann und wie er in dieser Nacht ins Bett gekommen war...

Als er am nächsten Tag mit schrecklichen Kopfschmerzen erwachte, wurde ihm klar, daß er nicht nur sein Geld, sondern vermutlich auch seine Stellung verloren hatte. Es sei denn, es fiel ihm eine gute Ausrede für den verpaßten Freitag ein.

Es war Leo, der auf die Idee mit dem Tod der Großmutter kam.

Luigi rief seine Schwester in Italien an. Die gab, wenn auch nach einigem Zögern, schließlich das bewußte Telegramm in Neapel auf.

Das alles geht Luigi durch den Kopf, als er durch das Gewühl der Geschäftsstraßen von Sommerberg dem Bahnhofsviertel zustrebt. Sein Ziel ist die Wächterstraße, wo sich unweit des *Goldenen Drachen* auch die neue Pizzeria befindet. Dort will er sein Glück versuchen. Er macht einen Umweg, um nicht am *Goldenen Drachen* vorbei zu müssen.

Ob sich dieser Typ, der ihn damals in der Pizzeria angesprochen hat, überhaupt noch an ihn erinnert? Luigi bleibt stehen und kramt seinen abgegriffenen Geldbeutel heraus. Er enthält nicht viel mehr als eine Visitenkarte. Sie trägt auf der linken Seite das Wappen der Burgbrauerei, daneben steht: *Bruno Geyer, Geschäftsführer*.

Luigi faßt sich ein Herz und betritt das Lokal.

Es ist fast leer. Hinter dem blinkenden Tresen mit der Kupferabdeckung steht eine junge blonde Frau im gelben Sommerkleid.

Luigi geht auf sie zu und sagt: „Kann ich bitte Herrn Geyer sprechen?" Er schiebt ihr die Visitenkarte hin.

„Da haben Sie Glück. Er ist vor zehn Minuten gekommen!" sagt sie und lächelt freundlich.

„Sind Sie unser neuer Oberkellner?"

„Oh, vielleicht", sagt Luigi unsicher. „Aber woher wissen Sie das?"

„Herr Geyer sagte schon vor einiger Zeit, daß Sie vielleicht kommen würden. Sie haben vorher bei der Konkurrenz gearbeitet, nicht wahr?"

Luigi ist platt. Jetzt begreift er gar nichts mehr. Wie konnte dieser Geyer ahnen, daß er sein Angebot annehmen würde? Ist er Hellseher?

„Warten Sie einen Augenblick. Herr Geyer telefoniert gerade!" sagt die Blonde mit einem Blick auf das rote Lämpchen neben dem Telefon.

Wenig später kommt ein schlanker junger Mann aus einem Raum am anderen Ende des Restaurants. Ein Lächeln des Wiedererkennens blitzt über sein Gesicht.

„Na, haben Sie es sich doch anders überlegt? Dabei haben

Sie mir damals ja wirklich keine Hoffnungen gemacht. Nun, sicher hat Sie unsere wunderschöne Pizzeria überzeugt, daß Sie hier ein ganz anderes Aufgabengebiet übernehmen werden. Und wer verbessert sich nicht gern!"

Die goldene Brücke ist gebaut, über die Luigi gehen kann. Innerhalb von zwanzig Minuten ist er engagiert!

Zunächst kann es Luigi kaum fassen. Bewundernd sieht er sich in der Pizzeria um, die eigentlich gar keine richtige italienische Pizzeria ist, sondern ein Luxusrestaurant mit holzgetäfelten Decken und gepolsterten Stühlen.

„Na, wie ich sehe, gefällt es Ihnen bei uns?" sagt Geyer selbstgefällig. „Nicht der übliche italienische Kitsch. Alles erste Klasse. Man darf nicht an der falschen Ecke sparen, wenn man Erfolg haben will!"

Luigi nickt mechanisch. Er kann alles noch gar nicht ganz begreifen. Er hat eine Stellung! In einem Super-Lokal! Und vor einer halben Stunde hatte er sich noch den Kopf darüber zerbrochen, wovon er die Miete für sein kleines Untermieterzimmer in der Burgstraße bezahlen sollte – von den Schulden bei Leo ganz abgesehen.

Es ist, als könne Geyer tatsächlich hellsehen.

„Sie können gleich morgen anfangen. Die Tage bis zum ersten bezahlen wir dann stundenweise extra. Einverstanden?"

Luigi nickt und bemüht sich, sein „Einverstanden!" nicht laut herauszujubeln.

Erst als er wieder draußen auf der Straße ist, kickt er übermütig eine leere Cola-Dose in den Rinnstein. Seine Pechsträhne ist zu Ende. Endgültig zu Ende!

Was für ein Tag! denkt Luigi, und er bemerkt zum ersten Mal, daß der Himmel blau ist und daß die Sonne scheint.

Die Flüsterstimme am Telefon

Francesco sitzt bei einer kleinen Tasse Espresso und liest die Sportvorschau in der Sommerberger Lokalzeitung. Der Sommerberger SV hat sein letztes Pokalspiel. Eigentlich wollte er mit Tommi hingehen. Aber am Wochenende ist das nicht möglich. Schließlich kann er Mamma Gina nicht in der Pizzeria allein lassen. Außerdem hatten die Kinder für das Wochenende den Radausflug geplant, auf den sie sich schon so lange freuten. Francesco macht sich noch einen Espresso und blättert weiter.

Im Lokalteil wird von einer Denkmalseinweihung am Rathausplatz, vom Besuch eines Sommerberger Politikers in Kamerun und von einem Brand im Burgbräukeller berichtet.

Francesco stutzt und liest den Absatz noch einmal genau. *Brandstiftung nicht ausgeschlossen!* steht da am Ende.

Francesco kennt den Burgbräukeller. Ein altes, aber recht gemütliches Lokal mit holzgetäfelten Wänden und Decken. Mann, wenn es da richtig brennt! Einen Augenblick lang überlegt Francesco, wie es wäre, wenn seine Pizzeria plötzlich brennen würde und die Arbeit von beinahe fünfzehn Jahren in Schutt und Asche läge. Nicht auszudenken! Das Läuten des Telefons stört ihn in seinen Gedanken. Wieder einmal meldet sich niemand. Dann ist da wieder das unüberhörbare Atmen.

„Verdammt noch mal, lassen Sie endlich den Blödsinn!“ ruft Francesco in seiner Muttersprache ins Telefon.

„Mit mir müssen Sie schon deutsch reden", flüstert eine offenbar verstellte Stimme. Ein drohender Unterton schwingt in dieser Forderung mit.

„Wer sind Sie?" fragt Francesco und weiß, als er die Frage ausspricht, wie sinnlos sie ist.

„Ein Freund", sagt die Flüsterstimme am anderen Ende der Leitung und lacht hämisch. „Ich weiß, daß Sie im Augenblick allein sind. Ich möchte ungestört mit Ihnen reden."

„Woher wissen Sie das?" entfährt es Francesco.

„Ich habe meine Augen und Ohren überall", behauptet der Unbekannte.

„Und was wollen Sie?"

„Ich möchte Sie warnen. Ein paar böse Menschen haben es auf Ihre Pizzeria abgesehen!"

„Ausgerechnet auf meine Pizzeria?" ruft Francesco erschrocken.

„Leider ja!"

„Aber wer denn und wie denn? So reden Sie schon", sagt Francesco und hofft einen Augenblick lang, daß es der Fremde wirklich gut mit ihm meint, obwohl ihm sein Gefühl das Gegenteil sagt.

„Schlechte Menschen sind erfinderisch", sagt die Stimme. „Sie arbeiten ohne Visitenkarten."

„Was wollen Sie dann mit Ihrem Anruf erreichen?" erkundigt sich Francesco, obwohl er die Antwort fast ahnt.

„Ich möchte Ihnen meinen Schutz anbieten. Natürlich kostet das eine Kleinigkeit."

Jetzt hat der Mann seine Karten aufgedeckt; Francesco weiß, woran er ist. Da gewinnt er gleichzeitig auch seine Fassung wieder.

„Für wie dumm halten Sie mich eigentlich?“ sagt er wütend. „Für das Spiel, das Sie hier betreiben, gibt es auf italienisch und deutsch nur ein Wort: Ricatto! Erpressung! Da sind Sie bei mir an der falschen Adresse!“

Spöttisches Gelächter ertönt am anderen Ende der Leitung. „Diese Worte werden Sie bald bereuen. Viele haben sich für schlauer gehalten, als sie waren. Das war oft schon ein tödlicher Irrtum. Manchmal ist es ein Spiel mit dem Feuer. Lesen Sie nur aufmerksam die heutige Zeitung…“

„Klick“ macht es, und der andere hat den Hörer aufgelegt, noch ehe Francesco den letzten Satz richtig begriffen hat.

Francesco ist blaß, als er den Hörer auflegt.

Wenige Minuten später, als Mamma Gina mit strahlendem Lächeln und vielen Päckchen und Tüten beladen zur Tür hereinkommt, sitzt Francesco immer noch wie gelähmt auf dem Hocker neben dem Telefon.

„So ein Kerl kam eben aus der Telefonzelle an der Ecke und rannte mich fast über den Haufen… aber was ist mit dir? Du bist ja ganz blaß!“ sagt Mamma Gina. Sie läßt die Päckchen fallen und faßt Francesco an die Stirn. „Hast du Fieber?“

Francesco schüttelt den Kopf.

„Hier, ich hab dir ein neues Sonntagshemd mitgebracht. Das wird dir gefallen. Und da ist der Schlips dazu!“ Sie kramt geschäftig in ihren Einkäufen.

Francesco ist froh, daß er zunächst nichts über den unangenehmen Anruf sagen muß.

„Was ist nur mit Papa los?“ fragen Tommi und Nele, als Francesco wortlos beim Abendessen sitzt und in seinem Teller herumstochert.

„Laßt ihn! Papa ist müde!“ sagt Mamma Gina. Und sie

beschließt, dem Grund von Francescos Kummer nachzuspüren, wenn die Kinder im Bett sind.

Zunächst lenkt die Arbeit in der Pizzeria die Carottis von allen anderen Sorgen ab. Aber als am Abend die letzten Gäste gegangen sind, hält Gina ihren Francesco in der Küche fest und sagt: „Ich gehe so lange nicht ins Bett, bis du mir gesagt hast, was dich bedrückt!"

Dabei stemmt sie die Hände in die Hüften und sieht Francesco so entschlossen an, daß der keinen Zweifel hat, daß sie es mit ihrer Drohung ernst meint.

Er kämpft noch eine Weile mit sich, ob er Gina wirklich mit seinen Sorgen belasten soll, aber dann sieht er ein, daß es nicht anders geht. Er erzählt von dem bedrohlichen Anruf.

Gina hört sich ruhig alles an und sagt dann entschlossen: „Wir werden morgen die Polizei anrufen. Jetzt trinkst du ein Glas warme Milch. Und dann wird geschlafen. Morgen gibt es viel zu tun!"

Sie wußte nicht, wie recht sie mit dieser Bemerkung haben sollte.

Nicht immer bringen Scherben Glück

Francesco wälzt sich noch eine Weile im Bett hin und her. Dann kommt er zu der Überzeugung, daß Mamma Gina, wie so oft, recht hat. Morgen geh ich zum Polizeirevier. Gleich um acht! nimmt er sich vor. Dann dreht er sich um und schläft ein.

Gegen drei Uhr wird Francesco durch lautes Klirren geweckt. Erschrocken fährt er hoch. Auch Mamma Gina erwacht. Eine böse Vorahnung läßt Francesco aus dem Bett springen. Er geht ans Fenster. Er hört unten auf dem Pflaster Schritte, die sich rasch entfernen. Er sieht einen Schatten, der um die Ecke huscht. Mehr nicht. Dann ist es wieder still.

„Was ist los?“ fragt Mamma Gina erschrocken. Sie sitzt aufrecht im Bett und starrt zum Fenster.

Francesco schlüpft in Pantoffeln und Bademantel und sagt: „Ich werde unten nachsehen!“

„Ich komme mit!“ sagt Gina entschlossen.

Hinter Francesco steigt sie die Treppe zur Pizzeria hinunter. Francesco knipst seine Taschenlampe an, ehe er die Innentür zum Restaurant aufmacht.

Er sieht, was er befürchtet hat: Die Schaufensterscheibe liegt in Scherben! Durch das zerbrochene Glas sieht er, daß auch drüben auf der anderen Straßenseite Fenster erleuchtet sind. Bei Frau Triebel, bei Laubs und bei Herrn Knopfloch. Der ist auch nicht zu überhören. „Was soll der Lärm mitten in der Nacht!“ ruft er. „Ich werde die Polizei verständigen!“ Dann zieht er sich rasch wieder zurück, weil ihm einfällt, daß er im Nachthemd und ohne Zähne wohl einen schlechten Eindruck auf die Nachbarn macht – selbst nachts.

„Scher dich zum Teufel!“ brummt Mamma Gina, als er hinter der Gardine verschwindet.

Während Mamma Ginas Aufmerksamkeit von den Kindern abgelenkt wird, die jetzt die Treppe herunterlaufen, entdeckt Francesco den grauen Pflasterstein, der in einen Zettel eingewickelt ist. Im Schein der Taschenlampe entziffert er die Botschaft.

Dies ist eine ernste Warnung! Keine Polizei! Denken Sie an Ihre Kinder! Francesco weiß, was diese Drohung zu bedeuten hat. Aber in diesem Augenblick ertönt schon die Sirene des Polizeiautos. Der übereifrige Herr Knopfloch hat seine Drohung wahrgemacht und angerufen, noch ehe er über die Ursache des nächtlichen Lärms Bescheid wußte.

„Hier wird randaliert?" erkundigt sich der Polizist pflichtgemäß.

„So kann man es auch nennen", sagt Francesco.

„Macht, daß ihr ins Bett kommt!" ruft Mamma Gina den Kindern zu. „Barfuß – hier auf dem Steinboden. Ihr erkältet euch bloß!"

Aber was ist eine Erkältung gegen ein Polizeiauto, das mit Blaulicht vor dem eigenen Haus hält! Natürlich sind Tommi und Nele nicht mehr ins Bett zu kriegen!

Wachtmeister Moll begutachtet die zerbrochene Scheibe, den Pflasterstein und die Scherben auf dem Boden.

Dann sieht er Francesco mit seinen jeansblauen Augen durchdringend an und sagt: „Die Scheibe wurde mit einem Pflasterstein eingeworfen! Haben Sie einen Verdacht, wer es gewesen sein könnte?"

Francesco schüttelt den Kopf. Mamma Gina zuckt mit den Schultern.

„Haben Sie Feinde?" erkundigt sich der Wachtmeister.

„Ich kenne keine", sagt Francesco wahrheitsgemäß.

In diesem Augenblick kommt Herr Knopfloch im braunen Samtmorgenrock und braunkarierten Hausschuhen über die Straße geschlurft. Die aufregende Szene mit der Polizei will er sich nicht entgehen lassen.

„Wundert mich gar nicht", sagt er und nimmt vertraulich Wachtmeister Moll auf die Seite. „Das ist der Laden, in dem oft abends so spät noch Lärm ist. Ich habe Sie doch erst neulich deshalb angerufen. Erinnern Sie sich?"

Natürlich erinnert sich Wachtmeister Moll nicht, weil er am fraglichen Abend glücklicherweise keinen Dienst gehabt hat. Herr Knopfloch ist enttäuscht. Aus den jeansblauen Augen trifft ihn ein abschätzender Blick, den Knopfloch jedoch gar nicht bemerkt, weil er in der Eile die falsche Brille aufgesetzt hat.

Wachtmeister Moll schwitzt. Er nimmt die Mütze ab. Der Schein der Straßenlaterne läßt das verwaschene Blond seiner Haare fast weiß erscheinen. Noch mehr Nachbarn umringen ihn jetzt. Auch die Laubs.

„Ich hab Schritte gehört und einen Schatten um die Ecke biegen sehen", bezeugt Herr Laub.

„Das hab ich auch gehört", sagt Francesco. „Auch den Schatten gesehen!"

„Ich glaube, ich hab zwei Männer gesehen. Ich glaube, sie waren betrunken", sagt Frau Triebel, die eigentlich gar nichts gesehen hat, aber zu gern auch ihren Beitrag leisten möchte.

„Dann war es vermutlich die Tat eines Betrunkenen?" vergewissert sich Wachtmeister Moll.

„Ein normaler Mensch macht so was doch nicht", sagt Laub entrüstet. „Vor allem bei den Carottis. Wo das so nette Leute sind!" Der Meinung scheint auch Herr Schnurz, der Gina um die Beine streicht.

Wachtmeister Moll nimmt ein kurzes Protokoll auf. Als er wieder in seinen Wagen steigt, sagt er zu Francesco: „Lassen Sie es mich wissen, wenn Ihnen noch etwas einfällt!"

Der Zettel mit der Warnung brennt in Francescos Faust wie glühende Kohlen. Aber der Erpresser hat seine Kinder bedroht! Damit ist nicht zu spaßen. Er muß erst alles mit Mamma Gina besprechen. Das konnte er doch unmöglich vor den Augen aller Nachbarn dem Polizisten sagen? Vielleicht war der anonyme Anrufer unter ihnen?

Als das Polizeiauto wieder weg ist, räumen die Carottis notdürftig die Scherben weg. Tommi und Nele haben nun doch Schuhe angezogen, um sich an den Splittern nicht zu verletzten.

Herr Laub kommt noch mal zurück. Er hat eine große Plane dabei. „Die ist von meinem alten Zelt. Damit können wir die Fenster abdichten!“ sagt er umsichtig. Hammer und Nägel hat er auch gleich mitgebracht.

„So ein Spektakel, mitten in der Nacht. Das Hämmern hätte auch bis morgen Zeit gehabt!“ beklagt sich Herr Knopfloch bei seiner Frau. Aber die hört es gar nicht. Sie schläft schon. Und wenig später schläft Herr Knopfloch auch.

Francesco dagegen bringt kein Auge zu. Soll er Gina von dem Zettel erzählen oder nicht?

Aber auch Gina schläft nicht, und plötzlich fragt sie: „Warum hast du diesen Zettel eingesteckt? Und warum hast du dem Polizisten nichts von dem Anruf erzählt?“

„Vor dir kann man nichts geheimhalten. Aber auch gar nichts“, seufzt Francesco. Und er gesteht sich dabei gar nicht ein, wie froh er darüber ist.

Am nächsten Morgen liegen die Ereignisse der Nacht wie eine dunkle Wolke über dem Frühstückstisch der Carottis.

„Weißt du wirklich nicht, wer es gewesen sein könnte?“ erkundigt sich Tommi.

Francesco und Gina sehen sich an.

„Ich hab nicht die leiseste Ahnung!“ sagt Francesco.

„Vielleicht der Knopfloch, das Ekel“, kräht Nele.
Red nicht solchen Blödsinn“, tadelt sie Gina. „Man kann doch nicht einfach aus heiterem Himmel heraus unschuldige Menschen verdächtigen.“

„Aber der verdächtigt uns auch immer“, murrt Nele.

„Das ist noch kein Grund!“ sagt Gina.

„Jetzt wird's aber Zeit für die Schule! Los, los!“ sagt Francesco, der das Thema nicht mehr weiter vertiefen möchte. „Die Polizei war da und wird sich um die Angelegenheit kümmern. Und gleich rufe ich den Glaser an. Bis ihr wiederkommt, ist der Schaden behoben.“

Kriegsrat unter der Kastanie

Tommi kann es kaum erwarten, bis es zur großen Pause läutet. Er hat Zeichenunterricht im großen Pavillon am äußersten Ende des Schulgeländes. Er kaut grimmig am Hinterende seines Bleistifts und starrt auf den Zeichenbogen vor sich auf dem Tisch. Die Kritzelei soll ein Stilleben darstellen, sieht aber mehr wie Sperrmüll aus. Nur zu gern trennt sich Tommi von seinem Kunstwerk, als die Stunde endlich, endlich zu Ende ist. Er stürmt als einer der ersten hinaus auf den Schulhof. Ungeduldig wartet er unter der Kastanie.

Endlich kommen Walther und Milli. Schließlich taucht auch Schräubchen auf. Sie hat noch einen knallroten Kopf von der Mathearbeit.

Walther hat Milli ein Paket Schokoladenkekse mitgebracht.

„Magst du auch einen?“ fragt Milli und hält Tommi die

aufgerissene Rolle hin.

„Nein, keinen Appetit. Ich muß euch unbedingt was erzählen!" platzt er heraus und dann weiß er vor Aufregung nicht mehr, wo er anfangen soll.

Die vier stecken die Köpfe zusammen, und dann berichtet Tommi in raschen Worten von der aufregenden Nacht.

„Daß ich nichts gehört hab..." wundert sich TH. „Ich muß geschlafen haben wie ein Murmeltier."

„Dein Fenster geht doch nach hinten raus, da ist es kein Wunder, daß du nichts gemerkt hast", sagt Milli. „Aber, sag mal, Tommi, meinst du, das hat einer mit Absicht gemacht?"

„Nein, mit einem Stein! Hast du nicht zugehört?" sagt Schräubchen, die mit vollen Backen auf einem Salamibrot kaut.

„Laß die blöden Witze", sagt Milli, und es klingt ein bißchen gekränkt. „Ich meine, ob vielleicht mehr dahintersteckt als ein Streich..."

Tommi zuckt mit den Schultern. „Keine Ahnung. Der Wachtmeister hat auch so komisch gefragt. Ob wir Feinde hätten... Aber ich glaube, sie meinen, es war ein Betrunkener."

„Und wenn es Luigi war? Vielleicht aus Rache, weil er nicht mehr eingestellt worden ist?" sagt Schräubchen.

„Ach, Luigi doch nicht. Das glaube ich nie im Leben. So einer ist er nicht", nimmt Tommi den Kellner in Schutz.

„Jedenfalls ist es eine Riesengemeinheit", sagt Walther.

„Wir kommen nach der Schule und helfen beim Aufräumen", schlägt Schräubchen vor.

„Ich kann leider nicht", sagt Milli bedauernd. „Ich muß meiner Mutter helfen. Papa ist weg, um den neuen Traktor zu holen. Da wird sie nicht allein mit der Arbeit fertig."

„Aber am Wochenende kommst du doch mit?" erkundigt sich Walther.

„Klar. Das hab ich doch versprochen. Meine Eltern haben nichts dagegen."

„Aber ich muß es meinem Vater noch beibringen", sagt Schräubchen und seufzt. „Bei uns gab's wieder Krach..."

„Hat dir auch einer einen Stein ins Fenster geschmissen? Vielleicht mit 'nem Liebesbrief dran?" lacht Walther.

„Idiot. Doch nicht so was. Mein Vater war wieder sauer. Bloß, weil ich mein Zimmer nicht aufgeräumt hab. Kann ich denn wissen, daß er unter meinem Bett nachschaut, wenn er einen Stecker vorn neben der Tür repariert? Außerdem finde ich aufgeräumte Zimmer ungemütlich."

Beifälliges Gemurmel von allen Seiten.

„Vielleicht nützt es, wenn du deinem Vater sagt, daß ich dabei bin und dich beschütze", sagt TH. Er bläht sich auf und zeigt auf seine spärlichen Muskeln am gebeugten rechten Oberarm, als sei er Supermann persönlich.

„Diese Vorführung wird meinen Vater ungeheuer beeindrucken", spottet Schräubchen.

Da klingelt es, und sie müssen wieder in die Klassenräume zurück.

Spaghetti trifft Erbse

Am Freitag gießt es in Strömen. Das Zeltwochenende fällt buchstäblich ins Wasser.

„Hat alles auch seine guten Seiten", sagt Francesco. „Kannst morgen mit mir zum Großmarkt fahren. Jetzt, wo Luigi nicht mehr da ist, schaffe ich das kaum allein. Ich muß eine Menge einkaufen. Am Wochenende haben wir wieder Hochbetrieb."

Das muß Francesco nicht zweimal sagen. Tommi kommt gern mit zum Großmarkt. Da ist was los. Er mag das Leben und Treiben zwischen den Verkaufsständen. Es gibt Obst, Gemüse und Blumen aus allen Ländern.

„Was ist das?" fragt Tommi neugierig und zeigt auf eine Kiste mit Früchten.

„Papayas", sagt Francesco.

„Du kannst ruhig eine probieren", sagt der Händler. Er weiß, daß Francesco ein guter Kunde ist und meistens seine Melonen bei ihm kauft.

Während Tommi neugierig die exotische Frucht probiert, ist sein Vater schon weitergegangen. Mit geschulten Blicken schaut er sich um, wo er die günstigste und frischeste Ware findet. Er kennt die meisten Marktleute beim Vornamen: den Kartoffel-Paule, die Blumen-Frieda, Bananen-Joe und wie sie alle heißen. Und dann ist da natürlich noch Erbse!

„Hallo, Erbse!" ruft Francesco und geht lachend auf einen rundlichen Gemüsehändler mit grüner Schürze zu.

„Buon giorno, Spaghetti!" ruft der Gemüsehändler gutgelaunt.

„Frischen Spinat und herrlichen Radicchio habe ich heute!"

„Laß mal sehen", sagt Francesco. Kritisch prüft er die Ware, handelt noch ein bißchen und lädt dann alles auf seine Rollkarre.

Erbse ist nicht nur eine der bemerkenswertesten Typen des Großmarktes. Er ist außerdem das Auskunftsbüro der Markthalle. Er sieht alles, hört alles, weiß alles.

Sein Wissen erstreckt sich dabei nicht nur auf die

Markthalle selbst, sondern auch auf weite Gebiete von Sommerberg.

Er beliefert nämlich nicht nur das Kurhotel, das Krankenhaus, die Kantinen der Polizei und der Feuerwehr, sondern auch die der Sommerberger Morgenpost. Und nicht nur mit Gemüse, sondern auch mit Informationen. Böse Zungen behaupten, daß er sie sich zuweilen teuer bezahlen läßt. Er versteht es meisterhaft, Leute, die etwas von ihm wissen wollen, ebenfalls auszuhorchen, ohne daß sie es merken.

Das ist das Geheimnis seiner Informationspolitik. Außerdem hat er ein außergewöhnlich gutes Gedächtnis für Personen, Namen und Daten.

„Hallo, Tommi!" sagt Erbse jetzt, als er Tommi entdeckt. „Du warst doch schon vier Wochen nicht mehr hier?"

„Mindestens", sagt Tommi und sieht bewundernd zu, wie Erbse einen Zentnersack Kartoffeln hochhebt, als sei er eine Tüte Haferflocken.

Francesco sieht auf Erbse, zögert und sagt dann: „Hast du einen Augenblick Zeit? Ich wollte dich noch was fragen."

„Aber immer", sagt Erbse leutselig. „Nur heraus mit der Sprache."

„Hast du Näheres von dem seltsamen Brand im Burgbräu gehört?"

„Wieso seltsam?" fragt Erbse schnell.

„Soll doch Brandstiftung gewesen sein, oder nicht?"

„Man redet so!" sagt Erbse mit einem vieldeutigen Grinsen.

„Du weißt mehr?"

Erbse ist nicht sehr gesprächig. Aber nach einigem

Bohren erfährt Francesco endlich doch, daß der Brand vermutlich im Lagerraum angefangen hat. Erbse hat es von einem der Feuerwehrleute erfahren.

„Vermutlich hat einer einen benzingetränkten Lappen angezündet und hineingeworfen."

„Also doch", sagt Francesco.

„Das ist nicht der erste Fall. Bei Lung Fung, dem Chinesen, hat es vor drei Tagen im Keller gebrannt."

„Santa Maria", entfährt es Francesco. „Auch Brandstiftung?" Erbse nickt.

Jetzt erst fällt Francesco auf, daß Tommi mit großen Augen danebensteht und ihrem Gespräch folgt. Aber das, was er noch auf dem Herzen hat, soll Tommi lieber nicht hören.

„Hallo, Tom! Könntest du schon mal die Kisten einladen, damit wir dann noch den Wein kaufen können?" sagt Francesco schnell zu seinem Sohn. „Die Karre steht dort hinter der Säule."

„Mach ich", sagt Tommi; er merkt ganz genau, daß er jetzt fortgeschickt wird. Aber Tommi, der verhinderte Meisterdetektiv, weiß Rat.

Er fährt die Karre so schnell wie möglich zum Auto und kommt dann zurück. Unbemerkt belauscht er das Ende des Gesprächs.

„... auch vorher einen Anruf bekommen haben. Aber sie haben nicht bezahlt", hört er Erbse sagen.

„Und was machen sie jetzt?" erkundigt sich Francesco gespannt.

„Ich glaube, sie zahlen. Da fragst du sie am besten selbst. Ich schreib dir die Telefonnummern auf. Kannst dich auf mich berufen. Und was die Scheiben betrifft, da empfehle ich dir eine Glasversicherung. Ich kenne einen tüchtigen

Vertreter. Soll ich ihn vorbeischicken?"

Mit einem dicken Bleistift macht Erbse Notizen auf einer Obsttüte. Als er sie Francesco überreicht, hält Tommi den Zeitpunkt für sein offizielles Auftreten für gekommen. Er tritt hinter der Säule hervor.

„Da bist du ja wieder! Mann, wir müssen uns beeilen! Wie die Zeit vergeht!" ruft Francesco erschrocken und verabschiedet sich von Erbse.

„Mach's gut!" sagt er und blinzelt ihm verschwörerisch zu.

Kaum ist Franceso verschwunden, geht Erbse zum nächsten Telefon. Zuerst wählt er die Nummer vom *Goldenen Drachen.* Die Gemüselieferung ist fertig!" sagt er dem Mann am anderen Ende der Leitung.

Dann ruft er den Versicherungsvertreter an, wie er es Francesco versprochen hat.

Keine Angst vor Kakerlaken

Tommi ist sehr schweigsam, als sie nach Hause fahren.

Sein Vater wird erpreßt. Das ist ihm jetzt klar. Die seltsamen Anrufe, nach denen er immer so schlecht gelaunt war, der Stein in der Fensterscheibe, die Andeutungen im Gespräch mit Erbse über die Brandstiftungen...

Er faßt sich ein Herz und sagt: „Papa, du kannst es mir ruhig sagen. Ich weiß es sowieso. Da ist einer, der dir angst macht, stimmt's?"

Francesco zuckt am Steuer zusammen und fragt: „Wie kommst du denn darauf?"

Tommi erklärt es ihm.

„Ich wollte nicht, daß *ihr* Angst habt“, sagt Francesco bedrückt.

„Wenn wir es wissen, können wir besser auf uns aufpassen“, sagt Tommi. „Die Familie muß zusammenhalten. Das sagst du doch immer!“

„Da hast du allerdings recht“, sagt Francesco nachdenklich.

„Weiß es Mamma?“

Francesco nickt. Dann legt er seinen Arm auf Tommis Schulter und sagt: „Mir wäre es lieber, wenn ihr zunächst nicht zum Zelten wegfahrt.“

„Es regnet sowieso dauernd“, meint Tommi.

„Ich bin froh, daß du so vernünftig bist“, sagt Francesco und wirft seinem Sohn einen dankbaren Blick zu.

Sie halten vor der Einfahrt. Das alte Tor steht halb offen. Tommi steigt aus und macht es ganz auf. Nele spielt mit Nachbarskindern vor den Garagen.

Tommi winkt sie heran und flüstert ihr zu: „Sieh zu, daß du Schräubchen, TH und Milli ins Pizza-Zimmer bringst. Für jeden, den du auftreibst, kriegst du ein Eis.“

„Dürfen es noch mehr Kinder sein?“ erkundigt sich Nele hoffnungsvoll.

„Um Himmels willen, nein! Nur die drei!“ sagt Tommi und droht seiner Schwester. „Für jeden anderen wird wieder ein Eis gestrichen!“

„Was macht ihr denn wieder für Geschäfte? Hilf lieber beim Abladen!“ ruft Vater Francesco.

Nele ist schon als Kurier unterwegs.

Tommi und Francesco sind noch nicht ganz mit dem Abladen fertig, da sind die drei Freunde schon zur Stelle.

„Das ist für mich!“ sagt Walther und trägt die Kisten mit dem frischen Spinat in die Küche.

Francesco bringt den Wein in den Keller und die Kartoffeln in den Lagerschuppen.

„Ich muß euch was Wichtiges sagen! Besprechung im Pizza-Zimmer!“ flüstert Tommi seinen Freunden Schräubchen, Walther und Milli zu.

„Und ich kriege drei Eis!“ ruft Nele.

„Versprochen ist versprochen!“ sagt Tommi, der froh ist, daß er seine kleine Schwester durch den Gang zum Eisladen für eine Weile ablenken kann.

Aber dann kommt alles ganz anders.

Ein Aufschrei Mamma Ginas ertönt aus der Küche.

„Was ist los?“ fragt Tommi, der als erster am Tatort ist.

„Che porcheria! Eine Schweinerei!“ Mit ausgestrecktem Zeigefinger deutet Gina auf die Salatkiste. Aus den Salatblättern krabbeln Spinnen, Asseln, Kakerlaken und anderes Getier. Ein Tausendfüßler befindet sich bereits auf dem Weg zum Kühlschrank. Auch aus den Spinatkisten beginnen sich allerlei Sechs- und Mehrbeiner auf den Marsch durch die Küche zu machen.

Nach einer Schrecksekunde springt Tommi mit einem Aufschrei auf den Küchenstuhl. Er fürchtet sich vor Tieren, vor allem vor Insekten wie diesen.

„Mann, das sind doch keine Heuschrecken!“ sagt Milli beherzt und befördert einen Vielbeiner mit einem kräftigen Tritt ins Jenseits.

„Dio mio! Mein Essen! Meine Küche!“ jammert Mamma Gina und bringt den Sonntagskuchen im Pizza-Zimmer in Sicherheit.

„Was ist denn hier los?“ ruft Francesco, der durch das Geschrei aus dem Schuppen herbeigerufen wird, wo er die

Melonen hingebracht hat.

„Die Kisten sind total voller Ungeziefer!" erklärt Walther. „Sie werden vermutlich durch die Wärme in der Küche herausgelockt."

Francesco starrt auf die Kisten. Er entdeckt einen kleinen Karton mit Löchern in der Salatkiste und einen weiteren im Spinat.

„Wenn ich den Kerl erwische, der mir das angetan hat", knurrt Francesco, und dann flucht er auf italienisch. Das verstehen auch alle, die ihn nicht verstehen: Francesco ist außer sich vor Wut!

„Wir helfen beim Saubermachen. Los, Kinder. Hier, Tommi, nimm die Fliegenklatsche!" Wieder einmal ist es Milli mit ihrem Sinn fürs Praktische, die die Situation am schnellsten im Griff hat: „Iich?" ruft Tommi entsetzt. „Ja, du", sagt Milli. Walther bekommt Schaufel und Besen in die Hand gedrückt.

Gina versucht an Lebensmitteln zu retten, was zu retten ist.

„Irgendwo hab ich Insektenspray", sagt Francesco nervös. Aber ehe ihm einfällt wo, öffnet sich die Tür des Restaurants.

„Auch das noch", ruft er verzweifelt und geht durch die Pendeltür hinaus.

„Ich komme vom Gesundheitsamt", sagt eine lange hagere Frau. Kritisch läßt sie ihren Blick über die randlose Brille schweifen. Sie sieht die nüchternen, aber blitzsauberen Resopaltische, den gefegten Boden mit den grauen Fliesen, den chromblitzenden Tresen, dahinter die Spiegelwand mit den Flaschenregalen.

Auch in dem Salatbüffet hinter der Glasscheibe herrscht peinliche Ordnung. Die Fische und Meeresfrüchte liegen vorschriftsmäßig in der Kühlvitrine.

„Mein Name ist Grüner. Hier ist mein Ausweis!" sagt die fremde Frau, nachdem Francesco sie entsetzt und verständnislos anstarrt.

„Bei uns ist eine Anzeige eingegangen wegen Unsauberkeit. Eine Dringlichkeitsanzeige. Normalerweise haben wir sonnabends nur einen Notdienst. Aber ich muß gestehen, ich verstehe nicht..."

Da kommt Francesco die rettende Idee, wie er die Gefahr wenigstens für einen Augenblick abwenden kann. Er greift zu seinem alten Trick.

„Ich Italiener. Ich nix gut verstehn..." sagt er, lächelt charmant, zuckt mit den Schultern.

Fieberhaft überlegt er, wie er Tommi und seinen Freunden am Kriegsschauplatz in der Küche möglichst viel Zeit zur Beseitigung der Kakerlakenarmee verschaffen kann.

„Ich kom-me vom Ge-sund-heits-amt!" sagt die Dame noch mal langsam und deutet auf ihren Ausweis.

„Ach, Sie gesund?" sagt Francesco.

Nein, Gesundheits-amt, Behörde, verstehen?"

Nix, aber gleich!" sagt Francesco, läuft hinter den Tresen, holt eine Flasche Fernet Branca und sagt: „Das gesund. Gesund für Magen. Für alles!"

Ich trinke nicht im Dienst!" sagt die Dame gekränkt und legt ihre Stirn in mißbilligende Falten.

Mamma mia, was mach ich nur, überlegt Francesco fieberhaft. Gina! schießt es ihm durch den Kopf. Sie wird mit ihrem Charme und ihrer Beredsamkeit diese Amtsperson noch eine Weile aufhalten, bis er in der Küche mit den Kindern auf dem Schlachtfeld Klarheit geschaffen hat! „Momento, bitte. Gina, meine Frau, parla tedesco – sie spricht deutsch. Ich holen!" radebrecht Francesco.

„Ah, endlich verstehen Sie, was ich meine!" sagt die Dame und nickt zufrieden.

Francesco verschwindet in der Küche. Kaum eine Minute später taucht Gina auf. Sie strahlt über das ganze Gesicht und geht auf Frau Grüner zu, als habe sie seit vielen Wochen auf nichts sehnlicher gewartet als auf einen Besuch vom Gesundheitsamt.

„Welche Freude. Kommen Sie. Sehen Sie unsere schöne Pizzeria!" Sie erklärt ihr überschwenglich alles, einschließlich der Speisekarte, spricht von Spezialitäten und Kochrezepten und entdeckt schließlich das gemeinschaftliche Interesse für *Spinaci al burro*.

„Frischer junger Spinat mit Butter! Das ist wirklich eine Köstlichkeit!" gesteht Frau Grüner mit einem verzückten Augenaufschlag. Sie ist Vegetarierin und ernährt sich hauptsächlich von Gemüse. Aber dann läßt sie sich nicht länger hinhalten. Jetzt will sie auch den Rest des Restaurants sehen. Gina zeigt ihr die Toiletten, den Keller, den Lagerschuppen, die Pizza-Stube, und schließlich auch noch die Wohnung.

Inzwischen herrscht in der Küche planvolle Hektik. Milli lenkt den Einsatz mit halblauten Kommandos. Sie drückt Francesco einen feuchten Lappen in die Hand, mit dem er die von Tommis Fliegenklatsche erlegten Kakerlaken von der gekachelten Wand abwischen soll. Schräubchen hat sich den Fußboden vorgenommen. Walther trägt die Kisten hinaus in den Garten zu den Mülltonnen. Nele steht überall im Weg, läßt sich aber nicht wegschicken.

Fast haben sie es geschafft, da erklingt draußen ganz laut Mamma Ginas Stimme: „Ach, die Küche wollen Sie sehen? La cucina. Selbstverständlich, das hätte ich doch fast vergessen! Bitte sehr. Kommen Sie. Hier!“

Als sie die Tür öffnet, schiebt Tommi schnell die Fliegenklatsche mit dem Fuß unter den Schrank. Schräubchen lehnt den Schrubber in die Ecke. Francesco wirft seinen Lappen zu den von Schräubchen verbrauchten Wischlappen in den leeren Marmeladeneimer in der Ecke neben der Küchentür, die zum Garten führt. Walther legt einen Deckel drauf. Erstaunt sieht die Dame vom Gesundheitsamt auf die fünf Kinder in der Küche. Nele breitet ihr Röckchen aus und setzt sich auf den Marmeladeneimer.

Noch ehe Frau Grüner eine Bemerkung machen kann, ruft Mamma Gina mit gespielter Empörung:

„Was sucht ihr denn hier alle in der Küche? Los, macht daß ihr verschwindet!“

„Wir haben Hunger!“ mault Nele.

„Essen gibt es später. Seht ihr denn nicht, daß Mamma beschäftigt ist!“ sagt Francesco auf italienisch.

Die Dame vom Gesundheitsamt versteht aber genug und sagt: „Ich gehe gleich. Es ist ja auch alles in Ordnung. Ich verstehe wirklich diese Anzeige nicht. Es muß sich um einen Irrtum handeln.“ Man merkt, daß ihr die Angelegenheit peinlich ist, und daß ihr die Kinder leid tun, die nun ihretwegen nichts zu essen bekommen.

Wohlgefällig sieht sie sich noch einmal in der sauberen Küche um.

„Nur in den Eimer hier darfst du nicht reinschauen!“ sagt Nele wichtig.

Francesco stockt fast der Atem. Auch die anderen halten die Luft an.

Tommi starrt auf Neles Schuh. Dort krabbelt eine Kellerassel. Jetzt entdeckt sie auch Nele. Schreiend läuft sie in den Garten hinaus. Dabei wirft sie den Eimer um.

Milli packt den Eimer, schiebt die Lappen hinein und trägt ihn aus der Küche.

„Was ist mit dem Eimer?“ fragt Mamma Gina.

„Oh, ach, ich...“ stottert Tommi. „Das ist mein Wassereimer. „Ich hab die Lappen dort reingetan, die wir zum Fahrradputzen gebraucht haben.“

Wie oft hab ich euch gesagt, daß ihr in der Küche nichts zu suchen habt! Wasser könnt ihr im Garten holen!“ sagt Mamma Gina und verpaßt Tommi eine Ohrfeige. Ganz sanft. Und sie nimmt sich vor, daß er dafür später einen dicken Kuß und eine doppelte Portion Stracciatellaeis mit Schokoladensoße zum Nachtisch bekommt.

Die Pizza-Bande übernimmt den Fall

Papa Francesco begleitet Frau Grüner bis zur Tür. Er sieht ihr nach, ob sie auch wirklich wegfährt. Sie steigt in einen Volkswagen, der auf der gegenüberliegenden Straßenseite geparkt ist. Frau Triebel, die wieder einmal heftig Scheiben putzt, sieht ihr dabei neugierig zu.

„Das ist noch mal gutgegangen!“ sagt Papa Francesco. Er schenkt sich den Magenbitter ein, den die Behördenfrau verschmäht hat und stöhnt: „Mir ist richtig schlecht!“

„Und mir erst!“ sagt Tommi, der noch ganz grün im Gesicht ist, weil es ihn vor den Kakerlaken so graust.

„Kinder, ihr wart alle wunderbar!“ sagt Mamma Gina, und dann entschuldigt sie sich noch mal besonders bei Tommi für die Ohrfeige.

„Darauf kam's auch nicht mehr an“, sagt Tommi mit

komischer Verzweiflung.

„Hauptsache, die Spinatwachtel ist abgeschwirrt!“ sagt Milli respektlos. „Ich koche für alle etwas besonders Schönes zum Mittagessen!“ verspricht Gina.

„Und ich muß wohl zum Markt und noch mal frisches Gemüse fürs Wochenende holen!“ sagt Francesco. Er nimmt sich gleichzeitig vor, bei Erbse die Salatkisten zu inspizieren, ehe er sie einlädt! Na, der wird was zu hören kriegen!

„Und ich hatte schon Angst, die Behördenfrau folgt tatsächlich meiner Einladung und ißt bei uns *spinaci al burro*!“ seufzt Gina erleichtert.

„Du meinst die mit der leckeren Fleischeinlage, die jetzt in der Mülltonne liegen?“ sagt Tommi.

„Ich muß los!“ sagt Francesco entschlossen.

„Soll ich noch mal mitkommen?“ sagt Tommi.

„Nein, das bißchen Gemüse bringe ich allein her“, wehrt Francesco ab. Er hat vor, Erbse gründlich die Leviten zu lesen. Ob er ihm absichtlich diese Kisten mit dem Ungeziefer gegeben hat? Na, dann soll er sich wundern...

„Mein Vater wird erpreßt!“ eröffnet Tommi den Freunden von der Pizza-Bande, als sie endlich allein im Pizza-Treff sitzen.

„Hab ich mir fast gedacht“, sagt Walther.

„Dann war das Theater mit dem Ungeziefer auch inszeniert?“ fragt Schräubchen.

Tommi nickt: „Vermutlich!“

„Schöne Schweinerei!“ brummt Milli. „Und was machen wir jetzt?“

„Wir versuchen herauszubekommen, wer dahintersteckt. Ist doch klar!“ sagt Walther und ist wieder mal der überlegene „Kopf“ der Pizza-Bande.

„Schön wär’s, wenn das so einfach wäre“, sagt Tommi. „Noch dazu hab ich das Gefühl, meinem Vater wäre es lieber, wenn wir uns da raushalten.“

„Tun wir aber nicht, hm?“ sagt TH. „Oder glaubt er im Ernst, wir ließen ihn jetzt im Stich?“

„Ich bin auch dafür, daß wir von jetzt ab aufpassen!“ sagt Schräubchen.

„Ich finde, wir sollten abstimmen“, schlägt Milli vor. Drei sind dafür, daß sie den Fall übernehmen. Milli enthält sich der Stimme.

„Ihr wißt, daß ich nicht immer dabeisein kann, weil ich auf dem Hof gebraucht werde. Aber wenn Not am Mann ist, dann komm ich!“

Sie planen genau, wie sie sich am schnellsten informieren können, wenn es darauf ankommt.

„Funktioniert Walthers Glocke noch?“ fragt Schräubchen.

„Die Schnur ist gerissen!“ erklärt Walther. „Vielleicht sollten wir das nächste Mal einen Draht nehmen.“

„Besorge ich“, sagt Schräubchen.

„Am besten spannen wir zwei Drähte. Einen zu meinem Fenster und einen runter in den Hof. Im Notfall zieh ich dran, und Walther taucht dann kometenhaft auf...“ meint Tommi.

„Und ich kann dann die beiden Mädchen verständigen – wenn es nötig ist“, sagt TH.

Während die vier ihre Pläne schmieden, ist Francesco in die Markthalle zurückgekehrt.

„Na, du schon wieder hier!“ fragt Erbse betont erstaunt.

Francesco geht aufs Ganze.

„Schönen Mist hast du mir heute angedreht. Alles voller

Ungeziefer!" sagt er zu Erbse.

Der tut unschuldig wie ein neugeborenes Kind und sagt: „Ich hab nur einwandfreie Ware. Überzeug dich selbst!"

Francesco überprüft kritisch die Salatkisten. Alles ist tadellos. „Wer kann dann das Zeug in die Kisten getan haben?" fragt Francesco.

„Keine Ahnung", sagt Erbse. „Es muß passiert sein, nachdem du sie auf die Rollkarre getan hast. Sie stand doch eine ganze Weile dort hinter der Säule – bis Tommi sie weggefahren hat, oder irre ich mich? Vielleicht ist es auch im Auto passiert? Vielleicht hat der Junge nicht abgeschlossen? Tja, da gibt es viele Möglichkeiten. Aber weißt du, wenn du mich verdächtigst, deinen besten Freund... Gerade habe ich mit einem Freund gesprochen deinetwegen! Er hat eine günstige Versicherung, Glas und Brand. Wird sich in den nächsten Tagen bei dir melden!"

„Danke", sagt Francesco verwirrt.

Und dann kauft er rasch ein, was ihm fehlt. Es ist gleich Mittag, und Gina muß noch kochen!

„Ciao!" sagt Francesco endlich.

„Kopf hoch und viel Glück!" ruft ihm Erbse aufmunternd nach.

Dem Unbekannten auf der Spur

Das Wochenende verläuft ruhig, wenn man von dem normalen Trubel absieht, den es bei den Carottis immer gibt.

Francesco hat Tommi noch mal auf die Seite genommen.

In einem Gespräch „unter Männern“ hat er ihm klargemacht, daß es ihm lieber ist, wenn sich die Pizza-Bande aus der Sache heraushält.

„Seid vorsichtig und laßt euch nicht auf unüberlegte Abenteuer ein“, warnt Papa Francesco seinen Sohn eindringlich.

„Das machen wir doch nie!“ beteuert Tommi; aber er ist wildentschlossen, aufzupassen wie ein Schießhund, damit niemand seiner Familie etwas antut.

„Null Nachricht“, meldet Tommi seinen Freunden am Montag in der Schule.

Aber dann macht er gleich nach der Rückkehr aus der Schule eine aufregende Beobachtung.

Ein Mann kommt in die Pizzeria. Er hat dunkle Augen, dunkles pomadiges Haar und riecht stark nach Rasierwasser. Er hat eine Aktentasche unter dem Arm und sieht sich freudestrahlend um, als sei er zum Geburtstag eingeladen.

„Na, junger Mann?“ sagt er zu Tommi und gibt sich gönnerhaft.

Tommi kann Erwachsene nicht ausstehen, die fremde Kinder wohlwollend am Hinterkopf tätscheln wie einen jungen Hund.

„Was wollen Sie?“ fragt Tommi steif.

„Ich möchte gern Herrn Carotti sprechen. Geschäftlich.“

Tommi wirft ihm einen abschätzenden, mißtrauischen Blick zu und sagt: „Einen Moment bitte. Ich muß sehen, ob mein Vater für Sie Zeit hat.“

„Da bin ich sicher“, sagt der Mann mit einem öligen Lächeln. Francesco arbeitet im Garten. Als er von dem Fremden hört, wäscht er sich rasch die Hände und trocknet sie hastig ab.

„Ich komme auf Empfehlung eines gemeinsamen Bekannten", sagt der Mann und reicht Francesco eine Visitenkarte.

Während Francesco noch überlegt, wo er den Namen schon gehört hat, sagt der Fremde mit einem fragenden Blick auf Tommi: „Kann ich Sie unter vier Augen sprechen?"

„Natürlich. Kommen Sie doch mit!" sagt Francesco und führt den Mann ins Pizza-Zimmer. Jetzt fällt ihm auch wieder ein, wer ihm den Namen gesagt hat...

Tommi sieht den beiden nach und ist überzeugt: Dieser Mann hat irgendwie mit der Erpressung zu tun. So wie der aussieht und grinst! Er muß unbedingt wissen, was der mit Papa zu besprechen hat. Tommi wirft einen Blick in den Flur. Die Tür ist geschlossen. Aber das Fenster im Pizza-Zimmer ist gekippt!

„Mamma, ich nehme eben draußen im Garten die Wäsche ab!" sagt Tommi. Mamma Gina wundert sich über den Eifer ihres Sohnes. Die Wäscheleinen sind direkt neben dem Fenster des Pizza-Zimmers aufgespannt. Tommi macht Ohren, so lang wie ein Feldhase. Endlich wird seine Anstrengung belohnt. Er hört, daß über Geld gesprochen wird. Über große Summen. Sogar einen Vertrag will der Fremde machen.

Vor Aufregung fällt Tommi Papas noch halb feuchtes Oberhemd in den Schmutz.

„Verdammt!" flucht er halblaut und versucht, das Gras und den Sand wieder abzuklopfen.

Da hat ihn anscheinend Francesco bemerkt. Krachend schließt er das Fenster.

Jetzt ist Tommi so gut wie sicher, daß das der Erpresser ist. Man muß ihn verfolgen, wenn er das Haus verläßt!

nimmt sich Tommi vor. Aber wie? Er muß Walther verständigen. Wie gut, daß es die Klingel gibt.

Rasch zieht Tommi an dem Drahtstück an der Mauer und gibt Walther das verabredete Alarmsignal. TH sieht aus dem Fenster. Tommi winkt heftig. Walthers Kopf verschwindet. Wenige Sekunden später klettert er über die halbhohe Mauer zum Nachbargrundstück.

„Wo brennt's?“ fragt er gespannt.

Tommi geht mit ihm in den Küchengarten, dort erzählt er seinem Freund von dem verdächtigen Besucher.

„Mich hat er gesehen! Deshalb mußt *du* ihm nachschleichen, wenn er gleich das Haus verläßt!“ sagt Tommi.

„Mach ich!“ sagt Walther. „Ich geh schon mal nach vorn in Startposition. Ist ja wohl nicht anzunehmen, daß er durch den Hinterhof das Haus verläßt!“

TH lauert draußen hinter der Telefonzelle an der Ecke in sicherer Entfernung auf sein Opfer.

Als der Dunkelhaarige schließlich mit einer dicken Aktentasche unter dem Arm die Pizzeria verläßt, klemmt sich Walther an seine Fersen.

Der Mann biegt in die Schillerstraße ein. An der Ecke Schiller-/Gartenstraße steuert er das Telefonhäuschen an. Warum ging er nicht gleich in die Zelle in der Nähe der Pizzeria? überlegt Walther. Verdächtig! findet er.

TH geht so nah wie möglich heran. Ob er die Telefonnummer herausbekommen kann? Der Mann kramt nach Kleingeld.

Ehe er wählt, schaut er durch die Scheibe direkt zu Walther herüber. TH bückt sich und macht einen komplizierten Doppelknoten in den Schnürsenkel seines Turnschuhs.

„Verdammt! Er hat mich gesehen!“ brummt TH wütend.

Als er aufschaut, fällt sein Blick auf Otto Wagners Reparaturwerkstatt. Schräubchen! Das ist die Rettung. Schräubchen muß den Mann weiterverfolgen, dem er viel zu schnell aufgefallen ist.

Betont langsam schlendert Walther zu dem knapp hundert Meter entfernt liegenden Wohnhaus der Wagners.

Schräubchen ist gerade vor dem Hauseingang damit beschäftigt, die Zahnräder der Zehngangschaltung ihres Superflitzers zu fetten und die Gänge neu einzustellen.

„Mann, so ein Glück, daß ich dich gleich erwische!" sagt Walther aufgeregt und erklärt ihr rasch den Sachverhalt.

Schräubchen hört aufmerksam zu, putzt die Ölfinger am Wischlappen ab, der einmal Papas Unterhose gewesen ist, und sagt: „Ich kleb mich dran! Der entwischt mir nicht!"

Mit einem geschickten Schwung dreht sie das kopfüber dastehende Fahrrad auf die Schmalspurreifen, schwingt sich in den Sattel und radelt los.

Der Mann hat die Telefonzelle gerade verlassen. Aber TH hat ihn gut beschrieben.

„Da läuft der Schmalzkopf", murmelt Schräubchen und tritt in die Pedale. Als er bei der Bushaltestelle um die Ecke biegt, hat sie ihn eingeholt. Er läuft zu einem schwarzen Porsche, sperrt auf und steigt ein.

Auweia, denkt Schräubchen, denn es wird ihr schlagartig klar, daß sie auch im zehnten Gang mit einem Porsche nicht mithalten kann. Aber versuchen will sie es. Schließlich fährt auch ein Porsche in der Stadt höchstens sechzig. Hoffentlich. Aber die Ampeln schalten so, daß sie immer gerade noch rechtzeitig aufholen kann, ehe sie den schwarzen Sportwagen aus den Augen verliert.

In der Innenstadt wird der Verkehr dichter. Der Mann

hält zweimal kurz neben einer Parklücke in der Hauptstraße. Sie scheint ihm zu klein. Er sucht weiter. Schließlich fährt er ins Parkhaus neben dem Kaufhaus. Jetzt ist guter Rat teuer. Wie kommt man unauffällig mit einem Fahrrad ins Parkhaus? Gar nicht. So lauert Schräubchen am Ausgang auf den Mann. Aber er kommt nicht.

Schließlich erkundigt sie sich bei dem Parkwächter, der in einem Kassenhäuschen neben dem Eingang sitzt.

„Ich warte auf meinen Vater“, schwindelt sie. „Gibt es noch einen Ausgang?“

„Hinten in der Wächterstraße!“

„Wie komme ich am schnellsten hin?“ fragt Schräubchen hastig.

„Zweimal links. Vorfahrt beachten!“ sagt der Mann, als Schräubchen gleich losflitzt.

Aber auch in der Wächterstraße ist keine Spur von dem Mann. Soll ich vorn oder hier warten? überlegt Schräubchen. Und dann findet sie, daß es egal ist. Schließlich kann sie sich nicht halbieren. Der Mann kommt nicht. Pech gehabt! murmelt sie enttäuscht.

Dann hat sie eine Idee. Sie sperrt ihr Rad ab und geht zu Fuß über die Hintertreppe ins Parkhaus. Im dritten Stock findet sie den schwarzen Porsche. Die Aktentasche liegt auf dem Rücksitz. Der Mann ist natürlich weg. Aber Schräubchen schreibt sich die Autonummer auf, für alle Fälle. Das kleine Notizbuch hat sie immer in der Hosentasche.

„Wenigstens etwas“, denkt sie, als sie sich wieder auf ihr Rad schwingt. Und dann radelt sie schnell nach Hause.

Das ist also die neue Pizzeria, denkt sie, als sie am *Bella Napoli* vorbeikommt und die Leuchtreklame mit den aufwendigen Kupferbuchstaben sieht.

Sie wirft einen Blick durch die halboffene Tür. „Stinkvornehm! Bei Mamma Gina fühle ich mich wohler!" flüstert sie. Außerdem hat sie eine Wut auf den Laden, weil Luigi dort hingegangen ist und die Carottis im Stich gelassen hat.

„Wo bleibst du denn so lange?" fragt ihr Vater, als sie nach Hause kommt.

„Ich mußte schnell was für Tommi besorgen. Kann ich es eben rüberbringen?"

„In zehn Minuten gibt's Abendessen."

„Bis dahin bin ich wieder da. Ich flitze hintenrum!" ruft Schräubchen und verschwindet im Garten.

Tommi und Walther sind im Küchengarten. Tommi ist schon seit einer halben Stunde dabei, „Petersilie zu holen".

„Wo steckst du denn, Tommi?" ruft Gina aus dem Küchenfenster.

„Ich komme", ruft Tommi und fragt schnell: „Na, hast du ihn verfolgt?"

„Bis ins Parkhaus. Dann ist er mir leider entwischt", sagt Steffi zerknirscht.

„Mach dir nichts draus. Es war nicht der Erpresser. Es war der Versicherungsvertreter. Papa hat es Mama erzählt", sagt Tommi und seufzt verzweifelt.

„Künstlerpech", sagt Steffi. „Und ich dachte schon, er knüpft sich vielleicht jetzt die nächste Pizzeria vor, weil das Parkhaus in der Nähe des *Bella Napoli* liegt."

„Das kann Zufall sein", sagt TH.

„Oder auch nicht", sagt Tommi. Aber da ruft Mamma Gina noch mal nach Tommi und der Petersilie. Es klingt jetzt ungeduldig.

„Bis morgen", sagt Tommi.

„Bis morgen", sagt Steffi. „Ich muß los, sonst schimpft

Papa!“ Sie klettert über den Zaun.

Und wer schimpft mich? denkt Walther, als er nach Hause geht, wo eine leere Wohnung auf ihn wartet, weil sein Vater abends zu tun hat. In der Keksfabrik ist Betriebsfest. Da hat er alle Hände voll zu tun und keine Zeit für seinen Sohn.

Papa Francesco hört sich um

Papa Francesco fühlt sich wohler in seiner Haut, seit er die Versicherungen abgeschlossen hat. Eine gegen Feuer und eine gegen Glasschaden. Allerdings gelten sie erst ab nächsten Monat. Na, so lange wird es wohl noch gutgehen, denkt Francesco und seufzt. Aber er will noch etwas tun.

Er holt die Obsttüte, auf der Erbse in der Markthalle die Nummern der Geschäftsführer des Burgbräu und des *Goldenen Drachen* geschrieben hat.

Er wählt. Im *Goldenen Drachen* ist die Nummer dauernd besetzt. Aber im Burgbräu hat er Glück.

„Einen Augenblick bitte“, sagt eine freundliche Stimme. „Ich gebe Ihnen gleich Herrn Geyer. Er ist gerade im Büro.“

„Hallo? Mit wem spreche ich?“ meldet sich eine jugendliche, nicht unsympathische Stimme.

„Hier spricht Carotti, der Wirt der Pizzeria *Mamma Gina.*

„Ach, welche Überraschung. Ich esse öfter bei Ihnen, wenn ich in der Innenstadt zu tun habe. Wir kennen uns.“

Francesco kann sich zwar nicht an den Mann erinnern,

er hat so viele Kunden, aber dessen Freundlichkeit erleichtert das Gespräch.

„Ich habe eine ganz direkte und persönliche Frage, und ich weiß nicht, ob ich das so am Telefon besprechen kann..." beginnt Francesco zögernd.

„Nur heraus mit der Sprache. Ich bin allein im Büro, und bei uns hört keiner mit!" ermuntert ihn der Mann vom Burgbräu.

„Es geht... um den Brand in Ihrem Lokal", sagt Francesco und findet es am besten, wenn er direkt auf den Kern der Sache zu sprechen kommt.

„Eine böse Sache. Aber glücklicherweise waren wir ausreichend versichert", sagt Geyer.

„Ist da... ich meine, war da vorher eine Warnung bei Ihnen eingegangen? Ein Anruf? Ein Brief?"

„Ja, wenn Sie mich so direkt fragen", antwortet Geyer zögernd, „dann war da schon ein Anruf. Genau gesagt: mehrere."

„Wurde Geld gefordert?"

„Ja. Und wir haben leider nicht bezahlt."

„Was heißt hier leider!" braust Francesco auf. „Ich wurde auch angerufen, und ich habe auch nicht vor, zu zahlen. Wo kämen wir denn da hin, wenn wir uns von jedem Kriminellen erpressen ließen!"

„Das müssen Sie natürlich selbst wissen", antwortet der Mann am anderen Ende der Leitung. Er ist nicht mehr ganz so freundlich wie am Anfang. Tut es ihm leid, daß er soviel gesagt hat?

„Nun, ich habe jetzt auch eine Versicherung abgeschlossen. Ich bin durch gewisse Vorfälle doch sehr beunruhigt. Da dachte ich, ich rufe einfach mal an... ich hab von dem Brand in der Zeitung gelesen..."

„Ich kann Ihnen wirklich die Entscheidung nicht abnehmen", sagt der Geschäftsführer des Burgbräu. „Ich habe damals auch mit meinem Onkel darüber diskutiert. Er ist, wie Sie vielleicht wissen, der Besitzer der Burgbrauerei und mehrerer Lokale. Er war es, der nicht zahlen wollte. Und nun haben wir den Schaden..."

„Wissen Sie noch von anderen Erpressungsfällen in der Stadt?"

„Ich möchte nicht über andere reden. Aber vielleicht erkundigen Sie sich mal bei Lung Fung, dem Inhaber des *Goldenen Drachen.*

„Vielen Dank. Das will ich gern tun. Und entschuldigen Sie die Störung", sagt Francesco und legt auf.

Er wartet einen Augenblick, dann ruft er im *Goldenen Drachen* an. Diesmal hat er Glück. Er erhält Anschluß, aber es dauert eine Weile, bis er Lung Fung an den Apparat bekommt.

Der Chinese gibt nur sehr zögernd Auskunft. Erst als ihm Francesco schildert, was bei ihm vorgefallen ist, gibt Lung Fung zu, daß auch er Drohanrufe bekommen hat.

„Es war eine leise flüsternde Stimme. Immer dieselbe!" sagt er schließlich.

„Die Flüsterstimme! Wie bei mir!" ruft Francesco.

„Ich kann Ihre Unruhe verstehen", antwortet der Chinese mit seiner hohen melodischen Stimme. „Und wir Gastronomen sollten zusammenhalten. Aber was können wir dagegen tun?"

„Die Polizei benachrichtigen", sagt Francesco.

„Um Himmels willen, nicht die Polizei!" ruft der Chinese erschrocken. Er denkt dabei an seinen Spielsalon im Hinterzimmer.

„Und warum nicht?" fragt Francesco gespannt.

„Weil dann alles noch viel schlimmer wird…", sagt der Chinese düster.

Francesco denkt an die Drohung mit den Kindern und gibt ihm einen Augenblick lang recht.

„Was machen wir dann?"

„Zahlen – was sonst? Und hoffen, daß dem Kerl bald das Handwerk gelegt wird."

„Nun, ich werd mir's überlegen", sagt Francesco. „Jedenfalls vielen Dank für die Auskunft und für Ihren Rat."

Kaum hat Francesco den Telefonhörer aufgelegt, läutet das Telefon schon wieder.

Eine aufgeregte Stimme keucht ins Telefon: „Daß man da endlich mal durchkommt! Allerhand ist das, was man sich da bieten lassen muß. In der Mittagszeit spielen die Kinder draußen auf der Straße! Und dieses dauernde Knallen von ihrem Gummiball! Das macht mich noch ganz wahnsinnig. Und laut gelacht haben sie auch!"

„Aber ich bitte Sie, Herr Knopfloch. Es ist jetzt halb vier! Das ist doch nicht mehr Mittagszeit."

„Aber vorhin war Mittagszeit. Ich rufe Sie doch schon ununterbrochen an."

„Entschuldigen Sie bitte. Aber irgendwo werden die Kinder doch spielen dürfen. Sie sind übrigens nicht auf der Straße, sie spielen in der Einfahrt neben unserem Haus."

Herr Knopfloch fährt unbeirrt fort: „Ich sage ja auch nicht, daß ich sie sehe, sondern daß ich sie höre. Wie gesagt, dieses Knallen des Gummiballs!"

Francesco atmet laut hörbar ein und sagt dann mühsam gefaßt: „Lieber Herr Knopfloch, ich habe jetzt ganz andere Sorgen. Aber ich werde dem Gummiball sagen, daß er leiser knallen soll!" Dann knallt Francesco den Hörer auf die Gabel.

Eine aufregende Nacht...

Papa Francesco hat eine Idee. „Wenn es schon nicht mit dem Zelten am See klappt, warum zeltet ihr dann nicht im Giardino Carotti?“ schlägt er vor.

„Wo bitte?“ erkundigt sich Schräubchen.

„Nun, bei uns hinten im Garten. Unterm Kirschbaum ist ein herrlicher Platz. Da passen genau zwei Zelte hin.“

„Viel mehr aber auch nicht“, sagt Tommi. Aber dann findet er, daß Papas Einfall gar nicht so schlecht ist.

Mamma Gina scheint allerdings nicht so begeistert zu sein. Sie denkt an die Vorfälle der letzten Tage und an den nächtlichen Steinwurf.

„Ob es gut ist, wenn die Kinder allein draußen sind, nach allem, was passiert ist?“ sagt sie.

Aber Milli hat einen Vorschlag, der auch das „Sicherheitsproblem“ löst. „Ich werde meinen Bruder anrufen. Der muß heute sowieso noch das Auto, das er sich geliehen hat, in die Werkstatt zu Wagners bringen. Da soll er Moritz mitbringen. Einen besseren Wachhund gibt es gar nicht! Der bellt schon, wenn ein Floh niest. Er wird uns beschützen. Bestimmt!“

Gina sieht Francesco achselzuckend an. Das bedeutet soviel wie: Na, dagegen kann man eigentlich nichts mehr einwenden.

So kommt es, daß die vier Freunde kurz darauf die kürzeste Radtour ihres Lebens machen: vom Hinterhof der Pizzeria in den Garten. Bald darauf sind sie damit beschäftigt, die Planen aufzuspannen und die Heringe einzuklopfen.

„Hier ist euer Abendessen", ruft Mamma Gina und stellt einen Teller mit belegten Broten und einen Korb mit Obst auf das Küchenfenster.

Gegen sieben taucht Millis Bruder Georg auf. Belustigt sieht er auf die Campingszene unter dem Kirschbaum und sagt: „Da bringe ich euren Wachhund!"

Kaum ist Moritz von der Leine, rast er wie ein wildgewordenes Raubtier von einem zum anderen. Milli frißt er fast auf vor Glück.

Tommi gibt ihm die letzte Ecke von seinem Salamibrot.

Aber als Walther seine Gitarre holt und spielt, fängt Moritz an zu jaulen.

„Entweder machst du Musik oder ich", sagt Walther gekränkt.

Und dann entschließen sie sich im Interesse der Nachbarn dazu, beide auf „Musik" zu verzichten.

Nele kommt in den Hof gelaufen. Sie ist im Schlafanzug. Schon zum dritten Mal fragt sie, ob sie nicht vielleicht doch mit bei den Mädchen im Zelt schlafen darf.

„Zu dritt ist es zu eng", sagt Milli.

„Ich bin ganz klein. Ich lege mich unten bei euren Füßen hin", sagt Nele, die nicht so leicht aufgibt, wenn sie sich etwas in den Kopf gesetzt hat.

„Da liegt doch schon Moritz", sagt Schräubchen.

„Dann schlafe ich bei den Jungen!"

„Das fehlt uns noch! Mann, du nervst mich! Mach bloß, daß du verschwindest!" ruft Tommi ungehalten. „Merkst du denn nicht, wie du uns auf den Wecker gehst?"

Bei Tommis letzten Worten blitzt es in Neles Augen mutwillig auf. Tommi, der auf eine zornige Antwort gefaßt ist, erlebt zu seiner größten Überraschung, daß Nele den Rückzug antritt. Aber nicht nur das, sie sagt außerdem mit zuckersüßer Stimme: „Na, dann wünsch ich allen eine wunderschöne Nachtruhe!"

„Was ist denn mit der los!" knurrt Tommi.

Und Walther sagt: „Manchmal kann deine kleine Schwester richtig nett sein."

Tommi gibt keinen Kommentar.

Sie sitzen noch so lange vor dem Zelt und erzählen, bis Mamma Gina gegen zehn Uhr im Nachthemd oben aus dem Schlafzimmerfenster schaut und „Pssst!" macht. „Papa will schlafen! Es war ein anstrengender Tag."

Auch die vier Freunde schlafen bald. Sie bemerken die Gestalt nicht, die durch den Garten auf die Zelte zuhuscht. Sie hebt die Zeltplane der Jungen am Kopfende etwas hoch und schiebt einen runden glänzenden Gegenstand darunter.

Tommi ahnt nichts von der Bedrohung seiner Nachtruhe. Er hat sich in den Schlafsack eingerollt und träumt einen aufregenden Traum.

Der berühmte Detektiv Tommaso Carotti klärt einen spannenden Fall. Er ist einem lang gesuchten Gangster auf der Spur, der sich in einem alten Haus verschanzt hat. Ganz allein schleicht sich der tollkühne Tommaso in das Haus! Als er sich im Erdgeschoß befindet, ertönt von oben hämisches Gelächter.

„Keinen Schritt weiter!" ruft der Gangster. „Unter dem Blumentopf liegt eine Bombe. Ich kann sie jeden Augenblick losgehen lassen!"

Er hat recht! fährt es Tommi durch den Kopf. Dieses Ticken, ich höre es schon eine ganze Weile. Es wird immer lauter. Ich muß die Bombe entschärfen, und er wird mich nicht daran hindern! In diesem Augenblick erklingt ein häßliches Scheppern. Tommi greift nach dem Colt an seiner Seite und... wacht auf.

Verschlafen sieht er sich um.

„Was ist los?“ knurrt TH und greift mechanisch nach der Taschenlampe.

Verdutzt sieht er auf Tommi, der mit einer Banane in der Hand im Schlafsack sitzt. Neben ihm irgendwo erklingt das scheppernde Geräusch eines Weckers.

„Willst du mit der Banane den Wecker erschießen?“ erkundigt sich TH belustigt.

Langsam werden Tommi die Zusammenhänge klar.

„Nele, dieses Miststück!“ faucht er, denn er ahnt, daß sie es war, die den Streich mit dem Wecker ausgeheckt hat.

„Deshalb hat sie uns so freundlich eine ungestörte Nachtruhe gewünscht!“ dämmert es nun auch Walther. „Aber was wolltest du mit der Banane aus dem Obstkorb?“

„Oh, ich habe geträumt, daß ich hinter einem Gangster her war. Da hab ich im Schlaf den tickenden Wecker als Bombe gehört und die Banane war mein Colt...“

„Sachen träumst du!“ brummt Walther. Und während Tommi den lästigen Wecker wegstellt, rollt Walther sich auf die andere Seite und schläft gleich wieder ein.

Doch Tommi kann keinen Schlaf finden. Plötzlich scheint ihm der Garten voller Geräusche zu sein. Da knackt es. Er glaubt Schritte zu hören. Ist Nele noch im Garten? Ach, die schläft sicher längst, beruhigt sich Tommi. Doch da schleicht wirklich einer um das Zelt! Tommi hört deutlich das Scheuern an der Plane. Jetzt scheint drüben im Nebenzelt auch jemand auf die Geräusche aufmerksam zu werden: Moritz. Ein verhaltenes Knurren ertönt.

„He, Walther!“ ruft Tommi halblaut. „Da ist einer. Jemand schleicht um unser Zelt.“

„Laß mich!“ brummt Walther. Aber Tommi gibt keine Ruhe. Auch Moritz nicht. Aus dem Knurren wird ein unmißverständliches, warnendes „Wuff“.

„Walther! So hör doch!“ sagt Tommi aufgeregt und schüttelt TH an der Schulter.

Schließlich nimmt er Walthers Taschenlampe aus der Seitentasche an der Zeltwand und leuchtet hinaus in die Nacht. Der Lichtschein fällt auf das Zelt gegenüber und direkt in Schräubchens erstauntes Gesicht. Die beiden Mädchen sind durch das Knurren des Hundes ebenfalls wach geworden. Ehe Tommi noch etwas sagen kann, springt ein schwarzer Schatten hinter dem Zelt der Mädchen hervor, macht einen mächtigen Satz über die Wiese und klettert auf den Kirschbaum. Moritz fegt kläffend hinterher.

„Ach“, sagt Tommi und es klingt halb erleichtert, halb ärgerlich. „Das ist bloß Herr Schnurz!“

Nachdem die Sache geklärt ist, wagt sich auch Milli aus dem Zelt. Sie hat eine unerklärliche Angst vor Gespenstern. Erleichtert holt sie Moritz zurück und beruhigt ihn.

Oben im Schlafzimmer der Carottis geht das Licht an.

„Was ist?“ erkundigt sich Francesco halblaut bei den Kindern.

„Nur der Kater! Er hat den Hund wild gemacht!“ beruhigt Tommi seinen Vater.

Endlich kehrt Ruhe ein auf dem „Campingplatz unterm Kirschbaum“.

Tommi verkriecht sich in seinem Schlafsack und versucht wieder ein Zipfelchen von seinem Detektivtraum zu erhaschen. Fast gelingt es ihm...

... und eine brenzlige Situation

Ich werd verrückt, wenn das jetzt wieder losgeht, denkt Tommi. Er glaubt, daß draußen im Garten wieder einer herumschleicht. Es knackt ein Stöckchen oder ein kleiner Ast. Und täuscht er sich, oder knarrt die Tür am Lagerschuppen? Tommi erinnert sich genau, daß er sie zugemacht hat, nachdem er die Getränke zum Abendessen herausgeholt hat.

Tommis Phantasie dreht sich wie ein Karussell.

Es ist wieder der Kater, beruhigt er sich. Aber dann findet er doch keine Ruhe. Er öffnet den Reißverschluß und klettert fast geräuschlos aus seinem Schlafsack. Er möchte Walther nicht noch einmal aufwecken, bloß weil ein Kater draußen herumschleicht.

Dann öffnet er vorsichtig die Verschnürung am Zelteingang. Der Garten liegt friedlich im Mondlicht. Es ist niemand zu sehen. Auch Moritz knurrt nicht.

Tommi will sich gerade wieder in seinen Schlafsack einrollen, da hört er wieder das Knarren der Schuppentür. Ganz leise. Aber das Geräusch ist deutlich zu hören, erscheint besonders laut in der Stille der Nacht. Tommis Herz klopft bis zum Hals. Da ist jemand! Er schiebt die kleine Jalousie am Fliegenfenster der Zeltwand auf die Seite und späht hinaus. Tatsächlich! Da sieht er eine dunkle Gestalt aus dem Schuppen kommen.

Einen Augenblick lang ist Tommi wie gelähmt. Es kommt ihm wie eine Ewigkeit vor, ehe sich der Mann aus dem Schatten des Schuppens löst und zur Durchgangstür geht. Doch die ist verschlossen. Er stößt einen ärgerlichen Fluch aus. Dann tritt er auf den gepflasterten Küchenhof und sieht zu den Zelten herüber. Offenbar erwägt er, dort über den Zaun zu klettern, entscheidet sich aber dann für den Weg über die Mülltonnen und die Mauer, woher er auch gekommen sein muß.

„Walther! Walther! Du, wach auf! Ein Einbrecher!" ruft Tommi halblaut und schüttelt Walther wie wild.

„Laß mich mit deinen blöden Träumen!" knurrt TH.

„Aber diesmal stimmt es, wirklich!" wispert Tommi aufgeregt.

Walther reibt sich brummend die Augen.

Doch da hat Tommi schon das Zelt aufgemacht.

„Halt!" ruft er und weiß auch nicht, woher er den Mut nimmt. Der Mann macht einen Satz auf die Mülltonne. Da er die mit dem kaputten Deckel erwischt, kippt sie um. Der Mann stürzt. Er flucht und versucht, auf die andere Tonne zu klettern.

Jetzt ist auch Moritz wach geworden. Schnell wie der Blitz schießt er hinüber in den Hinterhof, woher der Krach kommt. Diesmal ist es nicht der Kater, der ihm entwischt, sondern ein großer Mann. Moritz bellt, er springt hoch und es gelingt ihm, ein Stück Stoff aus der Hose des Fliehenden zu reißen.

„Brav!" lobt ihn Milli, als sie später das Beutestück im Schein der Taschenlampe bewundert. Von dem Mann ist nichts mehr zu sehen. Tommi nimmt sich vor, in den Beeten auf der anderen Seite der Mauer am anderen Morgen nach Fußabdrücken zu suchen, wie ein richtiger Detektiv. Doch was wollte der Mann im Schuppen?

Auch Francesco ist wach geworden. Aber er beruhigt

sich: Das wird wieder dieser Kater sein, der den Hund ärgert. Es war wohl doch kein guter Einfall von Milli, den Hund Moritz mit herzubringen!

Die vier Freunde sehen sich ratlos an. Das ist eine schöne Bescherung! Jetzt ist ihnen der Kerl entwischt.

Es wäre sinnlos und auch gefährlich, ihm durch die dunklen Gärten nachzulaufen.

„Wir könnten nachsehen, was er im Schuppen geklaut hat!" sagt Milli, bei der nach dem ersten Schreck der Sinn für das Praktische wieder Oberhand gewinnt.

Als sie zum Schuppen kommen, schnuppert Tommi.

„Verdammt, das riecht aber komisch!" sagt er. „Ich rieche es auch. Mann, das riecht irgendwie brenzlig", sagt Schräubchen und reißt die Tür auf. Dichter Qualm schlägt ihnen aus dem Schuppen entgegen. In der Ecke, wo sich die alten Obstkisten, das Altpapier und die Winterreifen des Lieferwagens stapeln, schwelt ein Brand.

„Wo ist der Gartenschlauch?" ruft Walther.

Tommi ist schon unterwegs. Er dreht den Wasserhahn an der Hauswand auf und rollt den Schlauch auf. Er reicht glücklicherweise bis in den Schuppen.

„Wasser marsch!" ruft Walther wie ein geübter Feuerwehrmann. Schließlich hat er schon oft bei den Übungen der Betriebsfeuerwehr in der Keksfabrik zugeschaut.

Tommi dreht die Spritzdüse am Vorderende des Schlauches voll auf. Milli und Schräubchen räumen alles beiseite, was an Brennbarem noch in Reichweite des Feuers steht.

Zuerst sieht es so aus, als ließe sich das Feuer von dem schmalen Wasserstrahl nicht eindämmen. Dann hat Walther die Idee, die Flammen auch noch mit nassen Säcken zu ersticken. Es qualmt und stinkt. Die Augen tränen. Milli kriegt einen Hustenanfall.

„Der gemeine Kerl muß Benzin oder so was draufgegossen haben, weil alles so schnell Feuer gefangen hat", sagt Walther. Er hält beim Sprechen die Hand vor den Mund.

Doch dann ist ihr Löschversuch endlich erfolgreich.

„Ich glaube, wir haben es geschafft!" sagt Tommi. „Die Idee mit dem nassen Sack war prima."

Milli, die sich draußen von ihrem Hustenanfall erholt, beginnt den Wasserschlauch wieder aufzurollen.

Da ertönt am Fenster im ersten Stock Vater Francescos empörte Stimme: „Was fällt euch denn ein! Mitten in der Nacht mit dem Gartenschlauch herumzuspritzen, da soll doch..."

Dann zieht er die Luft durch die Nase. Er riecht den Rauch und begreift schnell. Barfuß rennt er die Treppe in den Garten hinunter.

„Ein Brand! Also doch!" murmelt er.

Aber da kommt ihm schon Tommi entgegen und sagt: „Alles in Ordnung, Papa. Wir haben das Feuer gelöscht. Es stinkt bloß noch ein bißchen."

Francesco sieht sich an der Brandstelle um. Mit der großen Harke stochert er im Brandherd.

„Wir geben sicherheitshalber noch Sand drauf. Und vielleicht auch noch ein wenig Wasser. Wie gut, daß ihr aufgepaßt habt! Sonst stünde jetzt vielleicht das ganze Haus in Flammen!" sagt Francesco. Stumm sehen sich die Kinder an. An Schlaf ist jetzt nicht mehr zu denken.

„Wir haben einen Mann über die Mauer klettern sehen. Das heißt, Tommi hat...", sagt TH.

„Das hab ich mir doch gedacht. Brandstiftung. Jetzt reicht es mir. Diese Verbrecher! Diese Erpresser! Ich werde sofort die Polizei anrufen!" sagt Francesco außer sich vor Wut und Hilflosigkeit.

„Mitten in der Nacht?“ meint Tommi. „Die können jetzt sowieso nichts machen.“

„Mitten in der Nacht!“ ruft Francesco und stürmt ins Haus.

Inspektor Mauser greift ein

„Ein Brand, sagen Sie?“ vergewissert sich Inspektor Mauser am Telefon. „Dann sind Sie hier falsch. Da müssen Sie die Feuerwehr anrufen, Herr Carotti. Das ist die Nummer 112.“

„Der Brand ist schon gelöscht, aber...“

„Na, dann ist ja alles gut“, sagt der Inspektor erleichtert, der sich nicht gern beim Nachtdienst stören läßt.

„Eben nicht!“ ruft Gina und nimmt ihrem Mann den Hörer aus der Hand, weil sie im Deutschen redegewandter ist.

„Ich verstehe nicht... mit wem rede ich jetzt?“ fragt Mauser verwirrt.

„Mit Gina Carotti! Hören Sie: ein Mann ist heute nacht in unseren Schuppen eingedrungen und hat dort Feuer gelegt! Die Kinder haben gesehen, wie er über die Mülltonnen geklettert ist!“

„Über die Mülltonnen? Haben sich die Kinder auch nicht geirrt? Was suchen die Kinder nachts bei den Mülltonnen?“

„Sie haben gezeltet“, sagt Gina und verdreht die Augen, weil sich der Inspektor für die unwichtigen Dinge zu interessieren scheint.

„Und wo ist der Mann jetzt?“

„Auf und davon!“

„Dann erwischen wir ihn auch nicht mehr.“

„Das fürchte ich auch“, sagt Mamma Gina ironisch.

„Wenn der Brand gelöscht ist und der Mann auf und davon ist, nützt es nichts, wenn wir jetzt kommen. Im Dunkeln sehen wir sowieso nichts. Außerdem sind wir nur zu zweit auf dem Revier. Da könnte es sein, daß es irgendwo brennt und dann...“

„Ich denke, für Brände ist die Feuerwehr zuständig?“

„Ich meine das ja nur im übertragenen Sinn...“

„Ich verstehe Ihren übertragenen Sinn nicht. Bei uns *hat* es gebrannt“, beharrt Gina.

„Ich habe ja gesagt, daß wir morgen früh vorbeikommen und die Spuren sichern. Und die Kinder sollen nicht bei den Mülltonnen zelten, damit sie nicht alle Spuren verwischen.“

„Sie zelten ja gar nicht bei den Mülltonnen“, berichtigt ihn Gina.

„Aber vorhin haben Sie doch gesagt, daß...“

„Sie zelten unterm Kirschbaum...“

„Mein Gott“, seufzt Inspektor Mauser, verdreht die Augen zur Decke und sieht seinen Kollegen Moll hilfesuchend an. „Mal sagen Sie so, und mal sagen Sie so... Wie soll man sich da auskennen? Wir klären das morgen! Ich komme gleich nach acht, wenn mein Kollege Hecht zur Ablösung da ist.“

„Ist das alles kompliziert“, seufzt Mamma Gina, als sie schließlich den Hörer auflegt. Sie hat von ihrem Gesprächspartner nicht den besten Eindruck.

Inspektor Mauser kommt gerade, als die vier Freunde, Papa Francesco und Mamma Gina beim Frühstück in der

Pizzeria sitzen. Nele schläft noch.

Die wird sich ärgern, daß sie diesen spannenden Moment verpaßt, denkt Tommi zufrieden. Dabei ist es vielleicht Neles Streich mit dem Wecker zu verdanken, daß Tommi eine schlaflose Nacht hatte und deshalb den Brandstifter auf frischer Tat ertappte.

„Es brennt wohl immer noch?" sagt Inspektor Mauser zur Begrüßung und schnuppert.

„Mein Gott, der Toast!" ruft Gina und stürzt in die Küche. „Bitte nehmen Sie Platz", sagt Francesco und rückt noch einen Stuhl vor den Tisch mit der Eckbank.

Mit Ginas und der Kinder Hilfe erzählt er dem Inspektor nach und nach, was in den letzten Tagen passiert ist.

Zunächst ist der Inspektor skeptisch.

„Diese Anrufe – da kann sich einer einen Scherz gemacht haben!" meint er.

„Aber der Stein – das war kein Scherz mehr. Und der Brand auch nicht!" sagt Mamma Gina energisch. Wenn sie in Fahrt ist, spricht sie tadellos deutsch.

Inspektor Mauser kaut nachdenklich an seinem Bleistift.

„Ich muß ein Protokoll machen", sagt er, dann faßt er das Geschehene in dürre Worte, die er feierlich seinem Notizbuch anvertraut.

„Kann ich mal den Tatort sehen?" fragt er.

Gina begleitet ihn in den Garten.

Er begutachtet die Brandstelle im Schuppen. Es riecht nach verkohltem Holz und nach verbranntem Gummi.

„Da hätte ja das ganze Haus abbrennen können!" sagt der Inspektor schließlich mißbilligend.

„Eben", sagt Gina und nickt zufrieden. Endlich scheint der Inspektor zu begreifen, daß es sich hier um einen ernst zu nehmenden Fall handelt.

„Sind das Ihre Kinder, und schlafen sie immer draußen?" erkundigt sich Mauser mit einem Blick auf die Zelte. Sein Blick bedeutet ungefähr soviel wie: Bei diesen Italienern ist man anscheinend vor Überraschungen nicht sicher!

„Nein. Nur dieser ist unser Sohn", sagt Gina und deutet auf Tommi. „Die anderen sind seine Freunde. Sie zelten nur zum Spaß im Garten."

„Zum Spaß? Aha", sagt Mauser. „Na, das war wohl ein Spaß heute nacht, was?" sagt er und blinzelt den Kindern verschwörerisch zu.

„Wenn die Kinder nicht gewesen wären...", sagt Gina ernst.

„Ich habe ja nur gescherzt", sagt Inspektor Mauser, dem bewußt wird, wie unpassend seine Bemerkung war. Er entschuldigt sich mit einem säuerlichen Lächeln.

Mit gewichtigen Schritten geht er im Garten auf und ab und sieht sich aufmerksam um. Als er die umgestürzte Mülltonne sieht, sagt er: „Ich kombiniere, das war der Fluchtweg?"

Er steigt auf eine der leeren Flaschenkisten neben den Mülltonnen und späht über die Mauer.

„Tausend Möglichkeiten, wie er da entwischt sein könnte", sagt er nach einem Blick auf die nachbarlichen Gärten und Hinterhöfe.

„Da ist ein Fußabdruck im Blumenbeet", erklärt Tommi.

„Da sind viele Fußabdrücke", sagt der Inspektor.

„Die sind von uns", erwidert Tommi.

„Ach so, dann geht ihr also auch immer hier über die Mauer?" sagt Mauser interessiert. „Scheint ein beliebter Weg zu sein! Das macht eine Spurensuche so gut wie unmöglich!"

Der Inspektor schüttelt den Kopf.

Er seufzt und fährt fort: „Tja, da kann ich im Augenblick leider nicht viel machen. Wir werden die Augen offenhalten. Und bitte rufen Sie uns sofort an, wenn wieder einer dieser erpresserischen Anrufe kommt. Der Sache müssen wir natürlich unbedingt nachgehen."

„Auch nachts?" erkundigt sich Mamma Gina vorsichtshalber.

„Auch nachts!" sagt der Inspektor. Er seufzt noch einmal tief, weil ihm die Verantwortung bewußt wird, die er da auf sich lädt. Dann verabschiedet er sich und verschwindet. Als er die Pizzeria verläßt, gähnt er herzzerreißend. Er ist müde. Schließlich hat er die ganze Nacht gearbeitet.

Kein Wunder, daß die vier Freunde nicht viel Zutrauen zu dem schlafmützigen Inspektor haben. „Ich glaube, wir sollten weiter selbst die Augen offenhalten!" sagt Tommi zu seinen Freunden. Und da sind sie alle seiner Meinung.

„Ich brauche Gips und von jedem einen Schuh", sagt Tommi.

„Wofür denn?" erkundigt sich Vater Francesco.

„Ich will den Fußabdruck des Einbrechers suchen. Es ist der, in den keiner von unseren Schuhen paßt. Logisch, oder?"

„Und dann willst du ihn mit Gips ausgießen? So wie der Kommissar im Fernseh-Krimi am letzten Freitag?"

„Klar!" sagt Tommi. Und dann läßt er sich noch etwas Küchenfolie von Mamma Gina geben.

„Na, dann viel Glück, Sherlock Holmes", sagt sie. Und als sie den Jungen nachsieht, denkt sie: Wenn es auch nichts nützen wird, so kann es doch nicht schaden.

Tatsächlich finden die Jungen ein paar brauchbare Abdrücke im Boden, die größer als ihre Schuhe sind.

„Der muß mindestens Schuhgröße 45 haben und ein Profil mit Querstreifen!" kombiniert Tommi.

„Jedenfalls trägt er keine Turnschuhe, wie wir alle", bemerkt Schräubchen.

„Der Täter scheint also ziemlich erwachsen zu sein", sagt Milli.

Tommi gibt inzwischen einen Lehrgang für Mini-Detektive. Er hat genau aufgepaßt, wie man Fußabdrücke sichert. Er macht aus der Alufolie einen kleinen Rand, den er der Linie des Schuhabdruckes anpaßt. Dann gießt er ihn mit dem Gips aus, den er zu einem flüssigen Brei angerührt hat.

„In ein paar Minuten ist der Fußabdruck trocken, und wir können ihn zu unserem Beweismaterial legen."

In dem Karton unter Tommis Bett liegt schon der Stein, eine Beschreibung des Versicherungsvertreters, jetzt noch der Stoffetzen, den Moritz aus der Hose riß, und der Gipsabdruck.

Die Dame mit dem gelben Hut

„Was sagen Sie? Der Unbekannte hat wieder angerufen? Mit Flüsterstimme. So so. Wieviel will er haben? Fünftausend Mark. Aha." Inspektor Mauser macht sich Notizen auf seiner schon ziemlich verkritzelten Schreibtischunterlage. Er macht seinem Gegenüber, Wachtmeister Moll, Zeichen, daß er den anderen Hörer abnehmen und das Gespräch mithören soll.

Aufmerksam lauschen beide dem, was Mamma Gina

noch zu berichten hat. „Er will das Geld im Lokal abholen? Hm! Wo???"

Und während sich Inspektor Mauser noch einmal genau schildern läßt, wie sich die Geldübergabe abspielen soll, prustet Wachtmeister Moll vor Lachen und hält krampfhaft die Hörmuschel zu. Die Sache ist wirklich zu komisch! Mauser wirft ihm einen mißbilligenden Blick zu. Er versteht gar nicht, was es da zu lachen gibt. Der Erpresser möchte das Geld im Spülkasten der Toilette deponiert haben. Na und? Da hat es schon ausgefallenere Orte gegeben.

Moll hat sich wieder gefangen und verhält sich dem Ernst der Lage angemessen.

„Hören Sie, Frau Carotti", sagt Inspektor Mauser eindringlich. „Es ist sehr wichtig, daß Sie die Anweisungen des Erpressers genau befolgen. Er darf nicht merken, daß die Polizei eingeschaltet ist. Wir werden uns ganz unauffällig verhalten. Nicht einmal Sie werden wissen, welcher Ihrer Gäste von der Polizei ist und wer nicht. Nur so können Sie sich unbefangen verhalten und den Täter in Sicherheit wiegen."

Gina versprach, daß sich alle so verhalten würden, wie es der Inspektor vorgeschlagen hatte. Aufatmend legte Mauser schließlich den Hörer hin. Moll wenige Sekunden später ebenfalls.

„Soll das heißen, daß der Mann so dämlich ist, das Geld persönlich auf dem... na, auf dem Klo abzuholen?" vergewissert sich Moll und bewahrt nur mühsam die Fassung. Seine jeansblauen Augen blicken den Inspektor ungläubig an.

„So ist es", brummt der Inspektor, und dann verraten die Denkfalten auf seiner Stirn äußerste Konzentration.

„Wir verhaften den Erpresser natürlich nicht auf der Toilette, sondern vor dem Lokal", sagt er schließlich. Und dann macht er eine Zeichnung und erklärt Moll, wo und wie er welche Leute einsetzen will.

„Wir müssen mit äußerster Diskretion vorgehen. Carotti hat Angst, daß wir ihm sonst die gesamte Kundschaft vergraulen."

„Natürlich nehmen wir Falschgeld?" erkundigt sich Moll.

„Natürlich nehmen wir echtes Geld", sagt Mauser. „Sonst sieht der Erpresser nach, riecht Lunte und verduftet."

„Verduftet aus dem Klo", sagt Moll und grinst.

„Wenn er wirklich kommt, wird er uns nicht entwischen", murmelt Mauser und vertieft sich in seine Planskizze.

Während im Polizeirevier 13 in der Hauptstraße Moll und Mauser sich den Kopf über den Fall zerbrechen, geht es in der Pizzeria *Mamma Gina* um das gleiche Thema.

„Woher soll ich bloß das Geld nehmen?" jammert Vater Francesco.

„Können wir nicht Spielgeld nehmen?" schlägt Tommi vor.

„Aus dem Monopoly", sagt Nele. Sie ist inzwischen auch eingeweiht worden. Soviel Aufregung läßt sich vor zwei neugierigen kleinen Ohren nicht mehr als harmloses Ereignis vertuschen.

„Können wir nicht. Ich hab schon mit dem Inspektor darüber gesprochen. Es ist wichtig, daß der Erpresser das Geld mitnimmt. Wenn es falsch ist, läßt er es doch liegen!"

„Oder spült es runter, wie Klopapier", sagt Nele.

„Er nimmt es mit, und draußen nimmt es ihm der Inspektor wieder ab! Also brauchen wir es nur für kurze Zeit. Wir könnten es uns doch einfach leihen“, schlägt Tommi vor.

„Du meinst von der Bank? Nein, ich mache keine Schulden“, sagt Francesco, der froh ist, daß er sein Schuldkonto endlich abgetragen hat.

„Es hilft alles nichts, wir müssen unser ‚Italienkonto‘ angreifen“, sagt Francesco schließlich finster. Und alle wissen, was er damit meint: das Geld, das sie für die Urlaubsreise nach Italien zurückgelegt haben, auf die sie sich alle schon seit drei Jahren freuen.

Gina ist nicht damit einverstanden. Sie hat Angst, daß etwas schiefgehen könnte. Aber am nächsten Morgen geht Francesco doch zur Bank und besorgt das Geld.

Gina schweißt es sorgfältig in einen Gefrierbeutel wasserdicht ein. So friert sie auch die Minestrone ein, wenn mal etwas übrigbleibt. Und wenn die Minestrone nicht ausläuft, dann wird auch kein Wasser reinlaufen, wenn so ein Beutel im Spülkasten hängt.

Gespannt warten alle auf den nächsten Samstag.

„Wahrscheinlich wird er versuchen, an das Geld heranzukommen, wenn in der Pizzeria Hochbetrieb ist“, vermutet Inspektor Mauser. Das leuchtet allen ein.

Ehe die ersten Gäste zum Mittagessen kommen, ist alles vorbereitet. Der Gefrierbeutel mit dem Geld hängt in seinem feuchten Versteck. Es ist ein ziemlich umfangreiches Paket. Das ist Absicht. So fällt es auf, wenn es einer in die Hosentaschen steckt. Tommi hat einen fast nicht sichtbaren weißen Faden in den Deckel geklemmt. Sobald der Faden verschwunden ist, bedeutet das, daß sich jemand am Kasten zu schaffen gemacht hat. So muß man nicht jedesmal in den Klokasten sehen, sondern es genügt ein prüfender Blick durch die Toilettentür.

„Die Idee könnte von mir sein", sagt Inspektor Mauser anerkennend und weissagt Tommi eine große Zukunft als Detektiv.

Wo Inspektor Mauser und seine Leute allerdings jetzt stecken, weiß kein Mensch. Seit zwölf Uhr steht Francesco mit angespanntem Gesicht hinter dem Tresen. Um ein Uhr ist der Laden gerammelt voll. Es sind vor allem Leute, die vom Einkaufen kommen. Einige Stammgäste sind auch dabei. Die Laubs sitzen an ihrem Fensterplatz. Daneben sitzen drei junge Männer, die Francesco noch nie gesehen hat. Am mittleren Tisch sitzt eine blonde Dame mit einem gelben Hut, ein junger Mann, der ihm irgendwie bekannt vorkommt, und ein Vater mit zwei Kindern. Zwei Liebespaare teilen sich den Tisch hinter dem Blumenkasten, und am Tisch neben der Tür sitzt zwischen zwei Frauen mit Einkaufstüten Frau Grüner, die Dame vom Gesundheitsamt.

„Mannomann! Die Spinatwachtel ist wieder da!" meldet Tommi in der Küche, als er die Bestellung weitergibt.

Ob sie rein zufällig hier ist? Francesco bezweifelt das, und der Schreck von ihrem ersten Besuch sitzt ihm noch in den Knochen.

Tommi wechselt sich mit Milli an der Küchentür ab. Sie geben ihre Beobachtungen an Schräubchen und Walther weiter, die draußen vor der Pizzeria Posten bezogen haben. Ihr Vertrauen in Inspektor Mausers Umsicht ist nicht unbegrenzt. Und schließlich geht es darum, das Urlaubsgeld der Carottis zu bewachen, das ziemlich schutzlos im Klokasten der Herrentoilette hängt.

„Nun, Frau Grüner hat bestimmt nichts mit der Erpressung zu tun", sagt Mamma Gina und rührt kräftig in der Spaghettisoße. Sie will sich ihre Aufregung vor den Kindern nicht anmerken lassen.

Gerade als Tommi wieder an der Küchentür steht, kommt ein Mann mit auffallendem Backenbart in die Pizzeria. Es ist nur noch ein Stuhl frei, gleich neben dem Schirmständer am Tisch bei der Tür. Der Mann geht auch direkt darauf zu. Er erntet einen mißbilligenden Blick von den beiden Frauen, weil er eine ihrer Einkaufstüten umwirft.

„Verzeihung!" murmelt der Bärtige. „Gestatten Sie, daß ich mich an Ihren Tisch setze?" Ohne eine Antwort abzuwarten, plumpst er auf den Stuhl neben Frau Grüner, die gerade noch Zeit hat, ihre Handtasche vom Stuhl zu nehmen. Sie zieht die linke Augenbraue hoch und rückt ein bißchen zur Seite. Tommi geht zu dem Fremden und nimmt die Bestellung auf. Dabei sieht er sich den neuen Kunden aufmerksam an.

Ein seltsamer Bart, findet Tommi. Und auch eine etwas seltsame Bestellung. Der Mann möchte nur ein Mineralwasser und einen Salatteller.

„Machen Sie eine Diät?" erkundigt sich Tommi höflich.

„Was geht dich das an", knurrt der Mann unfreundlich. Dann vertieft er sich in die mitgebrachte Zeitung.

Als Tommi den Salatteller bringt, bemerkt er, daß sich der Backenbart des seltsamen Kunden auf der rechten Seite neben dem Ohrläppchen etwas abgelöst hat. Ein falscher Bart! Wenn das nicht verdächtig ist!

Aufgeregt läuft Tommi in die Küche.

„Milli, sag schnell Schräubchen und TH Bescheid. Verdächtige Person mit falschem Backenbart am Tisch neben der Tür. Wenn er geht, sollen sie auf jeden Fall versuchen, ihn aufzuhalten. Wer weiß, wo Inspektor Mauser steckt!"

„Und was ist mit der Spinatwachtel? Ist die zufällig da?" erkundigt sich Milli.

„Keine Ahnung. Vielleicht gehört sie zu den Leuten, die Mauser in die Pizzeria geschickt hat."

„Mann, ganz schön aufregend", seufzt Milli und rast los, um auf dem Weg über den Hintereingang Walther und Schräubchen an der Vorderfront auf dem laufenden zu halten.

„Ist *er* schon da?" erkundigt sich Gina, als Francesco einen Augenblick in die Küche kommt.

„Keine Ahnung", sagt Francesco und zuckt mit den Achseln.

„Tommi meint, es ist der mit dem Bart."

„Vielleicht, vielleicht auch nicht. Wir wissen es erst, wenn er das Geld holt!" sagt Francesco. Er belädt sich wieder mit vollen Tellern, gibt der Schwingtür einen Stoß mit dem rechten Fuß und eilt ins Lokal zurück.

Als Tommi wieder Getränke am Tresen holt, fragt Francesco: „War schon jemand in Catania?" Tommi schüttelt den Kopf.

Catania ist das Code-Wort für das Geldversteck. Die Toiletten befinden sich nämlich gleich rechts neben einem Ölbild der sizilianischen Stadt Catania.

In diesem Augenblick erhebt sich Herr Laub. Er geht mit zielbewußten Schritten geradewegs auf *Catania* zu.

Sollte Herr Laub in die Sache verwickelt sein? Aber nein, das ist doch unmöglich! Francesco zapft die bestellten Biere am Tresen ab, und als Herr Laub wieder an seinem Fensterplatz angekommen ist, verschwindet Tommi in der Toilette. Er kommt gleich wieder zurück und schüttelt unmerklich den Kopf.

Na, Gott sei Dank, denkt Francesco. Wenn Herr Laub damit etwas zu tun gehabt hätte, dann wäre sein Glaube an die Menschheit erschüttert gewesen.

Inzwischen entwickelt Tommi seinen Plan *Mehlstaub*. Er hat sich nämlich überlegt, daß der Erpresser, falls er mit dem Brandstifter identisch ist, auch dessen Schuhgröße haben müßte. Vielleicht hat er sogar dieselben Schuhe an? Wenn der Mann nun, wie angekündigt, das Geld persönlich abholen sollte, dann müßte man ihn auch anhand seines Fußabdruckes überführen können. Aber wie kam man unauffällig an Fußabdrücke? Eigentlich war es Milli, die die Idee mit dem Mehlstaub gehabt hatte: eine hauchdünne Schicht Mehl sollte auf dem Pflaster vor der Pizzeria verteilt werden, durch die alle laufen mußten, die das Restaurant verließen.

„Hast du alles fertig?“ fragt Tommi, als Milli wieder in die Küche zurückgekehrt ist.

„Na klar!“ sagt Milli und gibt ihm eine Puderzuckerdose.

Tommi geht auf die Straße hinaus und bestreut die Gehwegplatten vor dem Eingang mit Mehl. Die meisten Leute bemerken es gar nicht, weil sie mit dem Rücken zur Tür sitzen oder sich unterhalten. Aber der Mann mit dem Backenbart schöpft Verdacht. Er ist anscheinend gar nicht so in seine Zeitung vertieft, wie er vorgibt. Er steht auf, macht die Tür auf und sagt ärgerlich: „Was machst du denn da?“

„Ich... oh, ich streue Ameisenpulver!“ behauptet Tommi schlagfertig. „Sie sind eine Plage. Stellen Sie sich vor, die kämen einfach ins Lokal!“

Der Bärtige brummt etwas Unverständliches und zieht sich auf seinen Beobachtungsposten hinter der Zeitung zurück. Mit finsterer Miene nippt er an seinem Mineralwasser. Er sitzt so geschickt, daß er die Eingangstür und die Tür zur Toilette in gleicher Weise im Blickfeld hat.

Das kann kein Zufall sein! denkt Francesco.

Jetzt haben alle Gäste ihr Essen. Die Hektik läßt etwas nach. Behaglichkeit und Ruhe tritt ein. Hier und dort wird noch eine Flasche Wein nachbestellt. Die ersten Gäste zahlen. Auch der Mann mit dem Schnauzbart, der am mittleren Tisch sitzt. Seine Begleiterin, die Dame mit dem gelben Hut, macht sich auf den Weg in Richtung *Catania*. Ihre Handtasche läßt sie auf dem Tisch liegen. Sie hat nichts in der Hand. Und in dem eng anliegenden Kleid sind keine Taschen und keine Möglichkeit, das doch recht ansehnliche Geldbündel zu verstecken.

„Gehen wir?" sagt sie vergnügt. Dann rückt sie ihr kleines freches Hütchen zurecht und verläßt mit ihrem Begleiter die Pizzeria.

Was dann geschieht, weiß hinterher keiner so genau. Jedenfalls springt der Mann mit dem falschen Bart plötzlich auf und rennt in die Toilette.

„Alarm!" wispert Tommi aufgeregt in die Küche. Milli gibt das Zeichen weiter an Walther und Schräubchen.

Wenige Sekunden später kommt der Mann wieder herausgestürzt. Er geht aber nicht an seinen Tisch zurück, sondern rennt auf die Straße.

„Halt, Sie haben noch nicht bezahlt!" ruft Francesco und läuft hinterher. Draußen unter der Linde stehen Schräubchen und Walther. TH stellt dem Mann im rechten Augenblick sein linkes Bein in den Weg. Der Zechpreller stolpert. Das gibt Francesco Zeit, ihn einzuholen und festzuhalten.

„Lassen Sie mich, verdammt noch mal!" flucht der Mann. „Ich muß ihnen nach. Er hat das Geld!" Aber keiner hört auf ihn. Zwei Schatten lösen sich aus den Hauseingängen von Nr. 14 und Nr. 18. Es sind Wachtmeister Moll und Inspektor Mauser.

Sie greifen in das Handgemenge ein, an dem sich nun auch Kunden aus der Pizzeria beteiligen, die den vermeintlichen Zechpreller festhalten wollen.

„Ich hab's gesehen! Er wollte gehen, ohne zu zahlen!" ruft der nette Herr Laub ganz aufgeregt.

„Wir kümmern uns um ihn!" sagt Mauser und hilft dem Bärtigen, der nach dem Handgemenge nur noch ein Halbbärtiger ist, auf die Beine.

„Sein Bart ist falsch!" ruft Frau Laub. „So ein Gauner!"

„Der Mann mit der gelben Frau! Sie müssen ihm nach!" ruft der „Zechpreller" den beiden Polizisten zu. Als die Beamten ihn loslassen wollen, ruft Francesco: „Halt! Erst wird dieser Mann hier untersucht. Ich vermisse nämlich etwas!"

Jetzt wird Inspektor Mauser wütend, er zieht Francesco auf die Seite und sagt aufgeregt: „Mann, Sie vermasseln uns alles! Das ist doch der Beobachter, den ich vorsichtshalber in die Pizzeria gesetzt habe!" Francesco fällt aus allen Wolken. Tommi, Milli, Walther und Schräubchen ebenfalls.

„Jetzt bleibt uns nur noch der Mehlstaub!" sagt Tommi zerknirscht. Aber da sind inzwischen auch zu viele Leute durchgegangen. Nur an einer Stelle entdeckt er einen Abdruck, der die gleichen Schrägstreifen auf der Sohle aufweist wie sein Gipsmodell.

„Der Brandstifter ist in der Pizzeria gewesen, da bin ich ganz sicher!" sagt Tommi nach der Untersuchung.

„Ich auch", sagt Francesco niedergeschlagen. „Das Geld ist weg!"

„Die Dame in Gelb muß das Geld genommen haben!" sagt der Mann mit dem Bart, der nun ganz anders aussieht und sich als Inspektor Hecht zu erkennen gibt.
„Sie meinen, sie war auf der Herrentoilette?" fragt Francesco.
„Warum nicht? Es konnte sie ja von außen niemand beobachten."
„Aber wo hat sie das Geld versteckt? Bei dem engen Kleid?"
„Das ist mir allerdings auch ein Rätsel, sagt Inspektor Hecht und reibt sich die Backe, die noch vom Bartklebestoff juckt.

Zwei Pizzas und acht Spezi

Die vier Freunde sitzen unter dem Kirschbaum im Garten der Pizzeria und denken angestrengt nach. Wie konnte das nur passieren?
„Ich konnte doch nicht wissen, daß der mit dem falschen Bart von der Polizei war", brummt Walther zerknirscht.
„Es ist nicht deine Schuld", tröstet ihn Milli. „Wir haben dich ja auf ihn gehetzt."
„Das nützt jetzt alles nichts", sagt Schräubchen. „Das Geld ist weg, und wir wissen nicht wie. Nur drei Leute waren am Tatort. Herr Laub, die Gelbe und der Bärtige."
„Herr Laub war's nicht. Nach ihm war der Faden noch dran. Und überhaupt...", sagt Tommi.
„Dann bleibt nur noch die Gelbe und die Frage, wo sie das Geld hingesteckt hat", meint Milli.
„Oder war es der Polizist? Schließlich hat ihn keiner

durchsucht. Und fünftausend Mark sind eine Menge Geld bei ihren Gehältern", sagt Schräubchen kritisch.

„Mann, du spinnst. Ein Polizist macht so was nicht", sagt Milli. „Es war die Gelbe."

„Und wie kam sie auf die Herrentoilette?" erkundigt sich Schräubchen zweifelnd.

„Na, sie ging eben einfach rein", verteidigt Milli ihre Theorie.

„Das würde ich nie tun", sagt Schräubchen.

„Du trägst auch keine gelben Hüte", kontert Walther.

„Jetzt bleibt mal sachlich. Ich weiß gar nicht, was der gelbe Hut damit zu tun hat", sagt Schräubchen ein wenig ärgerlich. „Das lenkt uns nur vom Hauptproblem ab."

„Moment mal!" sagt Milli. Sie hat eine Idee: „Vielleicht hilft uns ausgerechnet der gelbe Hut weiter!" „Wie meinst du das?" erkundigt sich TH, der eine ausgesprochene Abneigung gegen Hüte hat.

„Das sag ich euch gleich: Wenn die Gelbe mit dem Erpresser unter einer Decke steckt, dann hat er sie absichtlich ausgesucht, um uns zu verwirren. Wir haben ja schließlich aus bekannten Gründen auf einen Mann gewartet."

„Und wir sind prompt darauf reingefallen", sagt Tommi.

„Und dann sind wir noch einmal hereingefallen, weil wir dachten, daß sie das Geld nicht verstecken kann", folgert Milli weiter.

„Richtig. Das Kleid war knackig eng wie ein Futteral. Und die Tasche ließ sie auf dem Tisch liegen", bestätigt Tommi.

„Und trotzdem hat sie das Geld versteckt. Ahnt ihr denn immer noch nicht, wo?" rief Milli aufgeregt.

„Im Büstenhalter?" vermutet Schräubchen.

„Mann, das war doch viel zuviel, und es wäre jedem aufgefallen, wenn sie flach wie 'ne Flunder reingegangen und dann plötzlich mit so 'nem Atombusen rausgekommen wäre! Nein, das Geld war im Hut!!!" rief Milli triumphierend.

„Mensch, du hast recht!" sagt Tommi und haut sich auf die Stirn. Er ärgert sich, daß er nicht selbst auf die Lösung des Rätsels gekommen ist.

„Dann heißt es, daß der verkleidete Polizist recht hatte, als er hinter dem Paar herrannte. Auweia, und ich habe ihm ein Bein gestellt!"

„Mannomann, was sind wir für tolle Detektive", sagt Schräubchen zerknirscht.

„Wir geben nicht auf. Wir werden den Fehler wiedergutmachen. Wir müssen nur versuchen, die gelbe Frau zu finden", sagt Milli und versucht die Freunde zu trösten.

„Und wir brauchen den Mann mit der gerippten Schuhsohle", sagt Tommi. „Wenn es der schnauzbärtige Begleiter der Blonden war, dann kann uns vielleicht Luigi weiterhelfen. Ich hab den Mann nämlich schon mal in unserer Pizzeria gesehen. Da hat er sich länger mit Luigi unterhalten."

„Mensch, Tom, das sagst du jetzt erst? Nichts wie hin zu Luigi!" ruft TH und springt auf.

„Zu diesem Verräter?" Schräubchen sträubt sich.

„Verräter oder nicht. Wir wollen Francescos Geld wiederfinden. Oder nicht?" sagt Milli.

„Meine Mutter heult sich sowieso die Augen aus, weil wir jetzt wieder nicht nach Italien fahren können", sagt Tommi.

„Meinst du, Luigi sagt was, selbst wenn er was weiß? Vielleicht ist er selbst in die Sache verwickelt", vermutet

Schräubchen, die Luigi noch nie leiden mochte, weil er ihr immer Komplimente wegen ihrer „schönen blauen Augen“ macht. Das kann Schräubchen nicht ausstehen.

„Das werden wir alles unauffällig herausfinden“, sagt Walther.

„Und wie willst du unauffällig Luigi treffen?“

Wir gehen Pizza essen im *Bella Napoli*, erwidert Walther.

„Und wer bezahlt? Das ist ein teurer Laden!“

Da mischt sich Tommi ein und sagt: „Ich werde Papa um einen Zuschuß bitten. Schließlich müssen wir auch mal die Konkurrenz testen.“

Als Francesco von dem Plan seines Sohnes hört, ist er zunächst nicht begeistert. Als ihm Tommi aber erklärt, daß sie dabei auf die Spur der gelben Dame kommen wollen, ist er einverstanden und sagt: „Na gut, dann lade ich euch ein, auf meine Kosten bei der Konkurrenz zu essen. Darauf kommt es jetzt auch nicht mehr an.“

Walther hat zur Feier des Tages seine einzigen ungeflickten Jeans angezogen, ein frischgewaschenes Hemd blitzt unter dem dunkelblauen Pulli.

Er legt sonst wenig Wert auf sein Äußeres, aber als Schräubchen sagt: „Wenn Walther nicht ein bißchen anders angezogen ist, dann lassen sie uns in den vornehmen Laden erst gar nicht rein“, da steigt er mürrisch nach oben, um sich schnell umzuziehen. Kein Wunder, daß alle anerkennend pfeifen, als er in ungewohntem Glanz aus der Haustür der Königstraße 19 tritt.

„Donnerwetter. Sieht echt stark aus. Wie ein Titelfoto für den Playboy oder so!“ sagt Milli bewundernd.

„Keine Ahnung hat das Mädchen! Auf dem Playboy sind

7 8873-8

als Titelfoto nur Mädchen, und zwar nackte!“ gibt Walther zurück.

Milli wird rot, wie immer, wenn sie um eine Antwort verlegen ist.

Doch Schräubchen hilft der Freundin schlagfertig aus der Verlegenheit: „Wir wollten bloß mal testen, was du außer Mickymaus sonst noch liest!“

„Los jetzt, ihr Mickymäuse. Hebt euch die Streitgespräche für die Pizzeria auf!“ ruft Tommi und schwingt sich aufs Rad. Milli steigt auf ihre „Rostlaube“ und Schräubchen auf ihr blitzendes Rennrad. TH flucht, weil er nicht aufgepaßt hat und seine Gala-Jeans an der Kette vollschmiert. Bei seinen alten Jeans passiert ihm das nie!

Die vier radeln die Königstraße hinunter, vorbei am Rathaus und in Richtung Bahnhof. Beim Kaufhof biegen sie rechts ab. „Dort ist das Parkhaus, wo ich damals den Versicherungsmann aus den Augen verloren habe“, sagt Schräubchen. Jetzt ist es nicht mehr weit zur Pizzeria in der Wächterstraße.

Vor der Pizzeria steht ein schwarzer Porsche.

„Wir werden Luigi fragen, ob das seiner ist“, lacht Walther.

„Augenblick mal“, sagt Schräubchen und kramt nach dem Notizbuch in ihrer Hosentasche.

„Das ist die Autonummer des Versicherungsvertreters. Komischer Zufall, oder?“

„Vielleicht ist das sein Stammlokal“, sagt Milli. „Wir können ihn ja fragen. Bestimmt ist er drin.“

Aber da täuscht sich Milli ausnahmsweise einmal.

Das Lokal ist ziemlich leer. Ein rascher Blick überzeugt die Pizza-Bande, daß außer zwei älteren Ehepaaren und einer Mutter mit vier Kindern keiner in der Pizzeria ist.

Aber da ist Luigi!

Er läßt vor Überraschung fast das Tablett mit den Gläsern fallen, als er die vier Freunde an der Tür stehen sieht.

„Was wollt *ihr* denn hier?" erkundigt er sich, nachdem er sich von seiner Überraschung erholt hat.

„Pizza essen", sagt Tommi fröhlich, als sei das die natürlichste Sache der Welt.

Die Kinder setzen sich an einen Tisch am Fenster.

„Zweimal Pizza Napoli und vier Teller!" bestellt Milli.

„Und vier Cola, nein, lieber Spezi, falls es hier so was gibt", sagt Walther.

„Wird gemacht!" erklärt Luigi geschäftsmäßig und notiert alles mit einem silbernen Drehbleistift auf einem vorgedruckten Kassenblock. Während Luigi die Bestellung durch ein kleines Fenster in der Wand in die Küche durchreicht und dann an der Bar die Getränke einschenkt, sehen sich die Kinder um.

„Vornehmer Laden!" sagt Walter anerkennend.

„Zu vornehm", sagt Milli.

Da kommt Luigi mit den Spezis.

Die Eiswürfel klirren in den Gläsern, als er sie vor die Kinder auf die kleinen Pappuntersetzer des *Burgbräu* stellt. Keiner sagt ein Wort.

Die Frau am Nebentisch will zahlen. Ihre Kinder sind schon rausgelaufen. Luigi geht zu ihr hinüber und kassiert. Als er wieder am Tisch vorbeikommt, begegnen sich Tommis und Luigis Blicke. Zu gerne hätte Luigi gefragt, wie es in der Pizzeria geht – ohne ihn. Er lächelt. Tommi lächelt zurück. Da gibt sich Luigi einen Ruck und geht auf die Kinder zu.

„Ihr seid wohl sehr hungrig?" sagt er und fügt dann

entschuldigend hinzu: „Eine Viertelstunde müßt ihr schon warten. Wir haben mittags nur einen Koch."

„Macht nichts!" sagt Tommi. „Wir unterhalten uns prima." Das ist leicht übertrieben, denn in den letzten fünf Minuten hat keiner einen Ton gesagt.

„Dann ist es ja gut", meint Luigi.

Als er wieder gehen will, sagt Tommi: „Wie gefällt es dir hier?" „Gut", sagt Luigi und läßt verlegen seinen Blick schweifen. „Ein bißchen ruhig läuft das Geschäft. Da war schon mehr los bei Mamma Gina."

„Ein richtiger Rentnerjob hier, was?" sagt TH und grinst.

„Na, heute ist ein besonders ruhiger Tag. Aber dafür haben wir meist recht vornehme Kundschaft", sagt Luigi, und es klingt wie eine Entschuldigung. Um nichts in der Welt hätte er zugegeben, daß er längst seinen Entschluß bereut hat und sich nach der Gemütlichkeit und Unvollkommenheit der Pizzeria *Mamma Gina* zurücksehnt.

„Deshalb habe ich auch meinen besten Pullover angezogen", sagt Walther und starrt dann entsetzt auf den Spezi-Fleck auf seinem bis vor kurzem noch makellosen blauen Pullover.

Da muß auch Luigi lachen. Das Eis ist gebrochen.

„Wie geht's in der Pizzeria? Habt ihr einen neuen Kellner?"

„Noch nicht. Nur eine Aushilfe. Aber Papa sucht noch", berichtet Tommi.

„Bedienst du allein hier?" erkundigt sich Schräubchen.

„Abends sind noch zwei Kellner da. Und oft hilft auch Fräulein Meise. Das ist die Verlobte unseres Geschäftsführers. Sie ist nur im Augenblick oben in ihrer Wohnung.

„Halt, nein. Da geht sie gerade!" fügt Luigi nach einem raschen Blick aus dem Fenster hinzu. Es sind getönte, bleiverglaste Scheiben, und man kann nicht genau sehen, was draußen vorgeht. Aber soviel erkennt Schräubchen, daß eine Frau im gelben Kleid in den schwarzen Porsche auf den Beifahrersitz klettert.

„Sie fährt mit ihrem Porsche weg!" ruft Schräubchen überrascht.

„Das ist nicht ihr Porsche", sagt Luigi. „Er gehört dem Makler, von dem sie die neue Wohnung kauft. Sie heiratet nämlich demnächst unseren Geschäftsführer. Aber das interessiert euch vermutlich gar nicht."

„Und wie!" sagt Walther. „Ist sie hübsch?"

„Ganz nett, aber nicht mein Geschmack", sagt Luigi. „Ich finde, blonde Mädchen sollten blaue Augen haben. Und sie hat braune. Ich glaube, auch die Haare sind gefärbt."

Als er das mit den blauen Augen sagt und dabei Schräubchen ansieht, rollt sie die Augen verzweifelt zur Decke.

Tommi bemerkt es nicht, denn der große Detektiv hat eine heiße Spur gewittert. Soweit er sich erinnern kann, hatte die Blonde mit dem gelben Hut auch braune Augen.

„Braune Augen, gelbes Kleid, das paßt ganz gut", sagt er.

Und Milli lacht: „Spinnst du. Du kümmerst dich doch sonst nie um Mode!"

„Ja, sie trägt meist gelb", sagt Luigi. Natürlich wissen alle, warum Tommi diese Bemerkung gemacht hat.

„Wo wohnt dein Chef jetzt?" erkundigt sich Tommi nun.

„Oh, ich glaube, er wohnt bei seinem Onkel in einer großen Villa draußen auf dem Land. Der Onkel ist steinreich. Ihm gehört das *Burgbräu* und noch einige Lokale hier in Sommerberg. Die meisten sind verpachtet. Die Pizzeria hier ist allerdings das Lieblingslokal seines Neffen. Deshalb hat er oben noch ein Zimmer unterm Dach.

Da wohnt er, wenn er abends lange im Lokal zu tun hat."

Tommi liest Luigi jedes Wort von den Lippen ab und schreibt innerlich alles mit.

„Und wie heißt dein Chef?" fragt Tommi gespannt.

„Geyer – aber sag, warum willst du das alles wissen? Das ist ja fast wie ein Verhör!" wundert sich Luigi.

„Zweimal Napoli!" ruft eine Stimme an der Durchreiche. Tommi ist froh, daß er auf Luigis Frage nicht antworten muß.

„Das hast du toll gemacht!" flüstert Milli, als Luigi vom Tisch weggeht, um die Pizza zu holen.

„Wenn die Blonde, die in den Porsche stieg, die Dame mit dem gelben Hut ist, dann könnte Geyer ihr schnauzbärtiger Begleiter sein", schloß Walther.

„Jetzt weiß ich auch, warum er mir bekannt vorkam. Er hat einmal lange mit Luigi gesprochen. Vermutlich hat er ihn da für sein Lokal abgeworben!" Tommi macht große Augen, als er begreift.

„Das sind alles Verdächtigungen", sagt Schräubchen. „Aber wie können wir sie beweisen?"

„Wir brauchen die Hose", sagt Tommi.

„Welche Hose?" wundert sich Walther.

„Na die, aus der Moritz ein Stück herausgerissen hat!" erklärt Tommi. „Und seinen Schuhabdruck."

„Falls er der Brandstifter und der Mann in der Pizzeria zugleich ist!" gibt Schräubchen zu bedenken.

„Ich bin fast sicher", sagt Tommi.

„Unser Meisterdetektiv hat sich schon mal geirrt", sagt Schräubchen ein bißchen spöttisch.

„Vielleicht hat er die Hose und die Schuhe oben in seinem Dachzimmer? Ich kann mir nicht vorstellen, daß er mit einer zerrissenen Hose und schmutzigen Schuhen zu seinem Onkel in die vornehme Villa gefahren ist!" sagt Milli.

„Da sollten wir unbedingt nachsehen!" Tommi ist Feuer und Flamme für Millis Idee.

„Aber wie sollen wir unbemerkt dorhin kommen?" gibt TH zu bedenken. „Bestimmt sind die Zimmer abgesperrt."

„Tja, das weiß ich auch nicht", sagt Milli. „Vielleicht fällt mir noch was ein."

Da kommt Luigi mit den beiden Pizzas und den vier Tellern. Geschickt balanciert er durch die leeren Tischreihen.

„Ich hab sie gleich halbiert, damit es keinen Streit gibt", sagt er und lacht. Er stellt die Teller auf den Tisch und sagt: „Übrigens ziehe ich nächste Woche um."

Tommi, der sich mit Heißhunger auf die Pizza gestürzt hat, fragt: „Dann wohnst du nicht mehr in der Burgstraße?"

„Nein, ich beziehe Geyers Zimmer oben unterm Dach. Wenn er heiratet und die neue Wohnung in der Stadt hat, braucht er das Dachzimmer natürlich nicht mehr!"

Milli gibt Tommi einen Tritt unterm Tisch.

„Au", sagt Tommi und reibt sich das Bein.

„Was ist?" erkundigt sich Luigi.

„Ach nichts", sagt Tommi. „Eine Mücke oder so."

„Es ist heiß heute", sagt Luigi. „Wißt ihr was: ich spendiere euch allen noch ein Spezi!"

„Wie können wir das wiedergutmachen?" sagt Milli. Sie erkennt die Gunst der Stunde.

„Oh, indem ihr recht oft wiederkommt", sagt Luigi und strahlt wie ein professioneller Herzensbrecher.

„Ich glaub, ich hab eine bessere Idee: wir überlegen uns

ein hübsches Geschenk zum Einzug!"

„Ein Einzugsgeschenk?" sagt Luigi verwundert. Einen Augenblick befürchtet Milli, daß sie zu massiv zum Angriff übergegangen ist. Aber dann kämpft sie mutig weiter.

„Nun, irgend etwas, das besonders gut in das neue Zimmer paßt."

„Ein Bild vielleicht?" sagt TH, der jetzt begriffen hat, worauf Milli hinaus will.

„Blumen?" grübelt Milli scheinheilig. „Ach nein, die verwelken zu rasch. Vermutlich wird es ziemlich heiß sein im Sommer oben unterm Dach. Oh, Kinder, ich hab's. Eine verrückte Idee: Gardinen. Wir schenken ihm Gardinen. Ich nähe doch so gern!"

Luigi ist überwältigt. Tatsächlich sind Gardinen genau das, was er für sein neues Zimmer dringend braucht. Es liegt zur Südseite hin, und am Nachmittag brennt die Sonne heiß auf die Scheiben.

Als Luigi zum Tresen geht, um das versprochene Spezi zu holen, blinzelt Milli den anderen vergnügt zu.

„Ich nähe doch so gerne", flötet Walter. „Das ist mir ja ganz neu, Milli!"

„Idiot! Ich kann mit Mühe und Not einen Knopf annähen. Aber irgendwie müssen wir doch in dieses Zimmer kommen, oder nicht?"

Als Luigi zurückkommt, vergewissert er sich: „War das mit den Gardinen wirklich ernst gemeint?"

„Ist gut", sagt Milli und schnappt nach Luft, weil sie sich am ersten Pizza-Stück fast die Zunge verbrannt hat. „Aber dazu muß ich nachher schnell nach oben gehen und das Fenster ausmessen. Ich hab einen schönen Stoff im Ausverkauf gesehen. Die günstigen Sachen sind bald verkauft. Wir wollen uns ja für vier Spezis nicht ruinieren!"

„Na klar!" sagt Luigi. Er sieht in dem angebotenen Einzugsgeschenk mehr: die zur Versöhnung ausgestreckte Hand. Die Tatsache, daß er im Zorn von Mamma Gina weggegangen war, hat ihn mehr belastet, als er sich zunächst eingestehen wollte.

„Jetzt eßt erst mal in Ruhe. Wie schmeckt die Pizza übrigens?" erkundigt sich Luigi interessiert.

„Danke, gut!" sagt TH mit vollem Mund.

„Es gibt nur noch einen Laden in der Stadt, wo sie besser schmeckt", sagt Schräubchen.

„Ich weiß", sagt Luigi.

Die Ermittlung läuft

Während Tommi, Schräubchen und Walther noch einen Nachtisch essen, steigt Luigi mit Milli die drei Treppen hoch bis unters Dach. Das Zimmer ist größer als Milli gedacht hat. Es ist sparsam möbliert. Ein Bett, ein Schrank, ein Schreibtisch, ein alter Koffer und in der Ecke ein Schließkorb neben einem Garderobenständer.

„Da kann man was draus machen", sagt Milli und sieht sich fachkundig um. Im Papierkorb zwischen Garderobenständer und Schließkorb hat sie etwas entdeckt, das ihr Herz bis zum Hals schlagen läßt. Karierter Stoff, der dem von Moritz erbeuteten Stoffstück verflixt ähnlich sieht.

Und unter dem Bett stehen Schuhe.

„Hier ist das Metermaß!" sagt Luigi und gibt Milli den Zollstock. Milli beginnt das Fenster auszumessen.

Luigi notiert die Maße auf seinem Bestellblock. So geht es am schnellsten. Als Milli auf die Fensterbank steigt, benimmt sie sich ein bißchen ungeschickt. Der häßliche Kaktus, der in einem brauen Plastik-Blumentopf sein kärgliches Dasein fristet, fällt auf den Boden.

„Mann, ist mir das peinlich!" haucht Milli mit gespielter Verzweiflung.

„Nicht so schlimm! Ich hol schnell einen Besen. Der Topf ist noch heil. Da füllen wir alles wieder ein!" Luigi eilt hinaus. Milli springt von der Fensterbank und stürzt auf den Papierkorb. Es ist ein Hose! Sie hält sie hoch und entdeckt tatsächlich am rechten Hosenbein ein fast handtellergroßes Loch. Schnell stopft sie die Hose wieder in den Papierkorb. Und jetzt zu den Schuhen! Sie haben eine quergestreifte Sohle! Rasch mißt Milli die Sohlenlänge mit dem Zollstock: Dreißig Zentimeter. So, das dürfte fürs erste genügen! Als Luigi zurückkommt, pflanzen sie den Kaktus wieder ein und stellen ihn auf die Fensterbank.

„Ich hab alles, was ich brauche!" sagt Milli und nimmt sich vor, Luigi wirklich zu wunderschönen Gardinen zu verhelfen, ganz gleich, wie die Sache ausgehen würde.

„Na, alles klar?" fragt Tommi, als sie mit Luigi zurückkommt.

„Alles klar!" sagt Milli und zwinkert ihm zufrieden zu.

„Dann können wir zahlen!" meint Tommi.

Als sie sich verabschieden, winkt ihnen Luigi von der Tür aus nach.

„Ich glaube, der würde gern wieder bei euch anfangen", sagt Walther.

„Ich trau dem Frieden nicht", sagt Schräubchen. „Was hast du oben herausgefunden?"

„Haltet euch fest: da *war* die Hose! Und ein paar Schuhe mit quergestreiften Gummisohlen. Dreißig Zentimeter lang!"

„Da muß ich sofort meinen Gipsabdruck nachmessen! Und dann müssen wir schnellstens Inspektor Mauser informieren", ruft Tommi aufgeregt.

„Sherlock Holmes junior tritt wieder ganz groß in Aktion", spottet Walther. Aber Tommi hört es nur noch mit halbem Ohr. Er ist schon wieder auf seinem Rad und radelt als erster in Richtung Heimat.

Inspektor Mauser mausert sich

Inspektor Mauser ist nicht gerade begeistert, als ihn am späten Nachmittag die vier Freunde im Revier 13 aufsuchen. Er hat ihnen noch nicht verziehen, daß sie ihm bei der Lösegeldübergabe ins Handwerk gepfuscht und seinem Freund und Kollegen Bruno Hecht in voller Aktion ein Bein gestellt haben.

„Was wollt ihr denn schon wieder?" fragt Mauser und sieht mit argwöhnischen Blicken über seine randlosen Brillengläser.

„Wir haben ihn", sagt Tommi, noch ganz aufgeregt vom schnellen Radeln. „Das heißt eigentlich, wir haben wenigstens seine Hosen!"

Mauser versteht zunächst gar nichts.

„Nun mal langsam. Wen habt ihr? Und was ist mit den Hosen?"

„Wir haben die Hosen von dem Mann gefunden, der den Brand in Carottis Lagerschuppen gelegt hat", erklärt Walther und bemüht sich, dabei ganz langsam und deutlich zu sprechen.

„Aha“, sagt Mauser und ist noch nicht viel schlauer.

„Und vielleicht haben wir auch seine Schuhe. Wir müssen aber erst noch mal den Gipsabdruck nachmessen“, fährt Tommi fort.

Auch die Bedeutung dieser wichtigen Aussage bleibt Inspektor Mauser zunächst verborgen.

„Moll?“ ruft Inspektor Mauser ins Nebenzimmer. Als der Wachtmeister hereinkommt, sagt Mauser: „Diese jungen Leute haben wichtige Aussagen über Gipsabdrücke und Hosen zu machen. Bitte nehmen Sie doch zunächst einmal die Personalien zu Protokoll.“ Die vier geben ihre Namen und Adressen an. Walther besteht darauf, mit „th“ geschrieben zu werden, was Moll fluchend nach einem Radiergummi fahnden läßt. Danach erzählen die Kinder dem Inspektor der Reihe nach, was vorgefallen ist.

Erstaunt und immer interessierter hört Inspektor Mauser zu. „Sehr interessant“, sagt er schließlich. „Wenn das alles stimmt, dann werden wir diesen Herrn Geyer einmal genauer unter die Lupe nehmen und Fräulein Meise ebenfalls.“

Er zieht seine Dienstjacke an, sieht auf die Uhr und sagt zu Moll: „Ich fahre mal eben in die Wächterstraße!“

Draußen vor dem Revier steigt er in seinen Dienstwagen. Ehe er losfährt, winkt er Milli noch mal heran und sagt: „Weißt du, daß du kein Rücklicht hast? Bring das mal schnell in Ordnung!“

„Ekel!“ brummt Milli. „So was sieht er. Aber Fußabdrücke im Blumenbeet sieht er nicht.“

Nele verdirbt mal wieder alles

Nele langweilt sich tödlich. Da ist keiner, mit dem man spielen kann, da ist nicht einmal einer, den man ärgern könnte. Sie steigt die Treppen zum Kinderzimmer hinauf. Wo ist Tommis neuer Ball? Sie legt sich auf den Bauch und sieht unter den Betten nach. Da entdeckt sie die Pappschachtel unter dem Bett ihres großen Bruders.

Komisch! denkt sie und kratzt an der Gips-Schuhsohle. „Eine Kreide, die wie ein Fuß aussieht."

Sie nimmt die Kreide und auch den kleinen Lappen, der dabei liegt und läuft wieder hinunter in den Hof.

„Mamma, darf ich die Kreide nehmen, die Tommi unterm Bett hat?" ruft sie in die Küche.

„Was macht er mit Kreide unterm Bett? Da gehört sie nicht hin!" sagt Gina.

Nele wertet das als Zustimmung. Sie bricht die Kreidesohle in kleine Stücke, weil das praktischer ist. Dann malt sie mit dem Beweismaterial Nummer eins, das sie für Kreide hält, ein Hüpfmännchen auf die Pflastersteine des Hinterhofes. Und wo die Linien nicht schön werden, wischt sie sie mit dem hübschen kleinen Stofflappen wieder weg. So macht sie auch das Beweismaterial Nummer zwei nahezu unbrauchbar. Wie kann sie auch ahnen, daß in dem Pappkarton unter Tommis Bett so wichtige Dinge versteckt sind?

Daher trifft es Nele ganz unverhofft, als Tommi sich nach seiner Rückkehr mit einem Aufschrei auf sie stürzt.

Nele, die gerade einen komplizierten „Himmel und Hölle"-Sprung über drei Kästchen machen möchte, fällt zwischen Himmel und Hölle auf den Bauch. Das Knie blutet. Nele schreit wie am Spieß. Gina stürzt aus der Küche.

„Als wenn man nicht schon Sorgen genug hätte! Müßt ihr euch auch noch prügeln!" rüft sie ärgerlich. Mit einem Tempotaschentuch versucht sie Neles Knie zu reinigen. Die Verletzung ist nicht so schlimm, wie es zunächst ausgesehen hat. Es ist eigentlich nicht viel mehr als eine Schramme.

„Sie hat die Beweise kaputtgemacht!" schreit Tommi wütend. Und dann geht er heulend auf sein Zimmer. Hier scheint die Karriere eines großen Detektivs wegen seiner kleiner Schwester schlagartig beendet zu sein, noch ehe sie recht angefangen hat.

Als sich eine halbe Stunde später Inspektor Mauser am Telefon meldet und Tommi ausrichten läßt, daß er in dem Zimmer von Geyer weder die Hose noch die Schuhe gefunden hat, schließt sich Tommi auf dem Klo ein und ist für niemanden mehr zu sprechen.

Die Abrechnung

Tommi ist nicht der einzige, der in dieser Nacht nicht schlafen kann. Auch Luigi wälzt sich schlaflos auf der harten Matratze in seiner Dachkammer in der Burgstraße. Schließlich faßt er einen folgenschweren Entschluß. Er will Francesco und Mamma Gina um Verzeihung bitten. Falls sie es wollen, wird er im *Bella Napoli* kündigen und wieder bei *Mamma Gina* anfangen.

Nachdem sich Luigi alles überlegt hat, dreht er sich zur Wand und schläft ein. Aber da ist es schon drei Uhr früh, und er schläft so tief, daß er am anderen Morgen den Wecker nicht hört. Viel zu spät wacht er auf. Er muß sich höllisch beeilen. Trotzdem kommt er eine halbe Stunde zu spät ins *Bella Napoli*. Ausgerechnet an diesem Morgen ist natürlich der Chef da.

„Entschuldigung!" murmelt Luigi, als er an ihm vorbeigeht. Aber Geyer beachtet ihn gar nicht. Er ist in ein wichtiges Telefongespräch vertieft. Schließlich verabredet er sich mit seinem Gesprächspartner für die Mittagszeit im *Goldenen Drachen*.

Dann knallt er den Hörer auf die Gabel, stürzt auf Luigi zu und ruft: „Wer war gestern in meinem Zimmer?"

„Ich", sagt Luigi kleinlaut.

„Allein? Sagen Sie die Wahrheit, verdammt noch mal!"

„Nein, mit einem Mädchen ...

„Mit einem Mädchen? Aber hören Sie mal, wo sind wir denn!"

Luigi, der im Augenblick nur an den verunglückten Kaktus denkt, sagt hastig: „Aber wir haben doch hinterher alles wieder in Ordnung gebracht."

„Wer hat Ihnen erlaubt, in meinem Zimmer herumzuspionieren?"

„Ich ... Wir haben doch nur die Fenster ausgemessen, wegen der Gardinen. Milli, das ist das Mädchen, wollte mir zum Einzug Gardinen schenken. Deshalb."

„Und weshalb kam hinterher die Polizei und hat alles durchsucht?" forscht Geyer weiter.

Luigi fällt aus allen Wolken. „Davon weiß ich nichts!"

„Stellen Sie sich nicht dümmer, als Sie sind!"

„Aber wirklich, ich habe keine Ahnung", beteuert Luigi. Er wirft einen hilfesuchenden Blick zu Fräulein Meise.

„Es kann schon sein, daß er nichts bemerkt hat. Der Inspektor wandte sich gestern abend gleich an mich, und ich bin dann mit ihm raufgegangen!" erklärt Fräulein Meise.

„Und wonach hat der Inspektor gesucht?" erkundigt sich Luigi.

„Ach, weiß der Teufel", sagt Geyer mit einer ärgerlichen Handbewegung. Er ist erleichtert, weil dieser Oberkellner anscheinend wirklich so harmlos ist, wie er aussieht.

Er hatte schon ein Komplott zwischen ihm und diesen naseweisen Kindern aus der Pizzeria gewittert. Ein guter Freund hatte ihn vor dieser aufdringlichen Bande gewarnt.

„Übrigens, Sie können gleich einziehen. Wir haben schon alles ausgeräumt. Gott sei Dank kurz bevor der Inspektor sich für das Zimmer interessierte", sagt Geyer und grinst zufrieden. Jetzt hat er sein inneres Gleichgewicht wiedergefunden, das nicht zuletzt auch durch den Anruf zuvor durcheinandergeraten war.

Mit einem Lächeln wendet er sich Fräulein Meise zu und fragt: „Wann hast du Zeit, Liebling? Schließlich müssen *wir* auch Gardinen kaufen, nicht wahr?"

Luigi beachtet er gar nicht mehr. Der ist für ihn Luft. Während Luigi wortlos die Gedecke für die Mittagsgäste auflegt, die vermutlich doch nicht kommen werden, weiß er, daß die Entscheidung, die er in der Nacht getroffen hat, richtig war.

Die Atmosphäre im *Bella Napoli* ist auf die Dauer unerträglich. Außerdem gehen hier Dinge vor, die Luigi nicht ganz durchschaut. Geheimnistuerei, Besucher im Hinterzimmer, seltsame Anrufe. Der Chef ist jung und eingebildet und muß noch über andere Einnahmequellen verfügen, denn von den Einnahmen des *Bella Napoli* kann er bestimmt nicht so aufwendig leben. Wie lange sich das sein Onkel, der Brauereibesitzer, noch ansehen würde? Und weshalb hat sich wohl die Polizei für das Zimmer interessiert? Luigi ist vieles ein Rätsel. Na, es geht mich nichts an, denkt er schließlich. Er hat genug mit seinen eigenen Problemen zu tun. Aber er ist fest entschlossen, wieder Ruhe in sein Leben zu bringen. Deshalb will er auch in der Mittagspause zwischen drei und fünf Uhr mit Leo sprechen.

Kurz nach drei vertauscht Luigi seine Kellnerkluft mit Jeans und T-Shirt und macht sich auf den Weg zum *Goldenen Drachen*. Noch immer nähert er sich der Stätte seiner Niederlage mit sehr gemischten Gefühlen. Seit jenem Freitag ist er nie mehr in den *Goldenen Drachen* gegangen. Er trifft Leo bei den Parkplätzen auf dem Hinterhof.

„Gleich bin ich soweit. Setz dich schon mal in den Wagen", sagt Leo und wirft Luigi den Schlüssel zu.

Luigi setzt sich auf den Fahrersitz, streicht mit der Hand liebevoll über das Armaturenbrett des Ferrari und denkt: So einen Wagen werde ich nie besitzen.

Zehn Minuten später ist Leo bei ihm.

„Wir fahren rauf zum Burgberg. Da ist eine schöne Aussicht, und wir sind ungestört", sagt er. Kurz darauf fahren sie eine mit Villen gesäumte Straße zur Burg hinauf. Sie parken auf dem Waldparkplatz und gehen zu Fuß zur Burg weiter.

„Ich muß mit dir reden, Leo. Laß uns hier bleiben. Hier sind wir ungestört."

„Ich muß auch mit dir reden", sagt Leo. „Das wollte ich schon lange tun ..."

„Du weißt ja, wie ich in den ganzen Schlamassel reingeraten bin", beginnt Luigi. „Durch die Spielerei in Lung Fungs Hinterzimmer. Zum Glück habe ich dann die Stellung in der Pizzeria bekommen. Aber da will ich nicht mehr bleiben."

„Und warum nicht?"

„Ich möchte in meinen alten Laden zurück."

„Das ist deine Entscheidung", meint Leo.

„Jetzt wollte ich noch mit dir über meine Spielschulden reden. Es sind zweitausend Mark. Wenn ich im Monat zweihundert Mark abzahle, dann wäre ich in zehn Monaten fertig. Bist du einverstanden?"

„Darüber habe ich nicht zu entscheiden", erklärt Leo.

„Aber du hast doch den Schuldschein", sagt Luigi überrascht.

Leo nickt und klopft auf seine linke Brusttasche. „Den hab ich. Aber zuerst muß ich dir auch was erzählen. Ich will nämlich auch reinen Tisch machen und ein neues Leben anfangen."

„Was, du auch?" staunt Luigi.

Leo nickt. „Du weißt ja sicher, daß sie dich damals im Hinterzimmer von Lung Fung ganz schön reingelegt haben. Und ich hab mitgemacht."

„Ich hab's mir gedacht", sagt Luigi.

„Was sie dort im roten Zimmer betreiben, ist Falschspiel. Gut organisiertes Falschspiel! Und du glaubst gar nicht, wie viele darauf reinfallen. Ich übrigens auch! Sie lassen dich gewinnen, bist du richtig abhängig vom Spielen bist. Dann nehmen sie dir systematisch alles wieder ab – und noch viel mehr."

„Wie konnte das an jenem Freitag bloß passieren? Ich hatte das Gefühl, die beiden anderen kannten plötzlich meine Karten."

„Kannten sie auch. Das Bild hinter dir ist von der anderen Seite der Wand aus so durchsichtig wie eine Glasscheibe. Dahinter sitzt einer, der seinen Komplizen immer die Kartenwerte signalisiert."

„So einfach ist das. Ein hundsgemeiner Betrug!" sagt Luigi empört.

„Stimmt", sagt Leo. „Und mich haben sie auch damit reingelegt."

Mit gemischten Gefühlen betrachtet Luigi den Mann, der vorgegeben hatte, sein Freund zu sein, und der dann mitgespielt hatte, als man ihn betrog.

„Und warum hast du mich nicht gewarnt?" murmelt Luigi.

„Was hätte ich tun sollen? Sie hatten mich in der Gewalt. Für jeden Spieler, den ich ihnen brachte, zerrissen sie einen meiner Schuldscheine. Und ich saß tiefer in der Tinte als du."

„Trotzdem war es eine Schweinerei", sagt Luigi.

„Du hast recht. Aber sie sind so mächtig."

„Wer ist *sie?* Wen meinst du damit?"

„Na, Lung Fungs Leute. Und Lung Fung hat wiederum Angst vor einem, den er den *Onkel* nennt."

„Den *Onkel?*

„Der *Onkel* hat fast alle Lokale der Altstadt im Griff. Und von denen, die von ihm in Ruhe gelassen werden wollen, kassiert er Schutzgebühren. Als Lung Fung nicht mehr zahlen wollte, brach in seinem Vorratskeller ein Brand aus. Und jetzt haben sie anscheinend die Pizzeria in der Königstraße auf der Abschußliste."

„Und wenn du das alles weißt, warum gehst du nicht zur Polizei?"

„Ich bin doch nicht lebensmüde", sagt Leo und lacht bitter. „Keiner weiß, wer der *Onkel* wirklich ist. Und manche sagen, seine Beziehungen reichen sogar bis zur Polizei."

„Dann hast du den *Onkel* noch nie gesehen?"

„Nein, er ruft immer nur an. Dabei verstellt er die Stimme und flüstert."

Luigi schweigt und starrt vor sich hin.

„Morgen um diese Zeit sitze ich im Flugzeug nach Australien. Da kann mich der *Onkel* nicht mehr erwischen. Wenn du willst, kannst du dann zur Polizei gehen und alles erzählen."

„Ich?" sagt Luigi erschrocken.

„Vielleicht fällt es dir leichter, wenn ich dir das da gebe", sagt Leo und holt den Schuldschein aus seiner Tasche. „Oder besser, wir machen es so!" Er zerreißt den Schuldschein in lauter kleine Schnipsel und läßt sie über die Burgmauer in den Graben hinunterflattern.

„Und ich muß nichts zurückzahlen?"

„Es war sowieso erschwindeltes Geld. Und wenn du mich morgen zum Flugplatz bringst, dann hab ich noch eine Überraschung für dich!"

Wer ist der "Onkel"?

Es ist der 13. Juli und ein regnerischer Tag. Tommi sitzt in seinem Zimmer und versucht mit der Enttäuschung des Vortages fertig zu werden. Mit Nele spricht er kein Wort.

Verbissen beschäftigt er sich mit seinem Kassettenrecorder. Er versucht Ordnung in seine Bänder zu bringen und alte Aufnahmen, die er nicht mehr mag, mit neuen zu überspielen. Nele beschwert sich über den Lärm. Er stört sie beim Malen.

„Dumme Ziege!“ knurrt Tommi und verzieht sich nach unten in die Pizzeria, wo es zwischen drei und fünf Uhr immer sehr ruhig ist. Diesem Zufall verdankt er es, daß er neben dem Telefon steht, als die „Flüsterstimme“ wieder anruft.

Tommi schaltet schnell und hält das Mikrofon seines Recorders an die Telefonmuschel.

„Letzte Warnung!“ flüstert die Stimme eindringlich. „Keine Polizei! Und wenn die Kinder weiterhin ihre Nasen in fremde Angelegenheiten stecken, dann passiert etwas. Verstanden?“

Ohne eine Antwort abzuwarten, legt der unheimliche Anrufer auf.

Tommi ist aufgeregt. Dann aber überlegt er, was er tun soll. Die Eltern sind nicht da, er ist mit Nele allein. Papa hat ihm eingeschärft, das Haus nicht zu verlassen.

Das Telefon klingelt wieder. Diesmal ist es eine vertraute Stimme: Luigi. Er fragt, ob er am späten Nachmittag vorbeikommen kann, er habe etwas Wichtiges mit Papa Francesco und Mamma Gina zu besprechen.

„Sie sind um fünf wieder zurück“, sagt Tommi. „Und...“

„Und was?“

„Ach nichts“, sagt Tommi. Fast hätte er Luigi von seinen Sorgen erzählt. Aber nach den Erfahrungen der vergangenen Tage will er lieber ganz vorsichtig sein.

Tommi zieht draußen im Hof an der Signalschnur.

Wenige Minuten später ist Walther da.

„Wo brennt's?" fragt TH.

Tommi schaltet wortlos das Tonband ein.

„Mann! Woher hast du das?" ruft Walther überrascht.

„Er hat eben angerufen", sagt Tommi.

Draußen auf der gegenüberliegenden Seite geht ein Mann auf und ab.

„Ob der die Pizzeria überwacht?" überlegt Tommi.

„Kann sein, kann auch nicht sein", meint Walther. „Jedenfalls müssen wir vorsichtig sein."

„Könntest du das Tonband über die Mauer zu Schräubchen bringen, damit sie es Inspektor Mauser gibt?"

„Mach ich", sagt Walther.

Und dann setzt sich Tommi in der Pizzeria deutlich sichtbar auf einen Stuhl neben dem Schaufenster, damit jeder sehen kann: Tommaso Carotti ist zu Hause und bastelt an seinem Kassettenrecorder.

Auch Bruno Geyer bekommt an diesem 13. Juli einen aufregenden Anruf. Es ist ein Freund, der bei der Polizei arbeitet und ihm rät: „Wenn du in nächster Zeit eine Urlaubsreise geplant hast, dann reise möglichst noch heute!"

Bruno Geyer versteht. Er handelt schnell. In Windeseile packt er seine Koffer, telefoniert mit der Fluggesellschaft in der benachbarten Großstadt und teilt dann Fräulein Meise mit, daß die geplante Hochzeitsreise nun schon vor der Hochzeit stattfinden werde – aus „geschäftlichen Gründen". Fräulein Meise begreift, daß es eilt und ist in zwei Stunden reisefertig.

So kommt es zu einer überraschenden Begegnung auf dem Flugplatz. Luigi, der Leo mit seinem Gepäck in die

Nachbarstadt gefahren hat, entdeckt Bruno Geyer zuerst.

„Sieht aus, als ob noch einer vor dem *Onkel* davonläuft“, sagt er zu Leo, der ganz blaß wird.

„Er muß uns nicht unbedingt sehen“, sagt Leo. Und so verbergen sich die beiden hinter einer der breiten Säulen, bis Bruno Geyer mit Fräulein Meise außer Sichtweite ist.

Als sich Leo von Luigi verabschiedet, drückt er ihm den Autoschlüssel in die Hand und sagt: „Der Ferrari ist für dich. Als Wiedergutmachung sozusagen, auch wenn er gebraucht ist. Die Papiere und was sonst noch dazugehört, sind im Handschuhfach. Der Wagen ist noch für ein halbes Jahr versteuert und versichert.“

Mit offenem Mund starrt Luigi Leo nach, der winkend hinter der Paßkontrolle verschwindet.

Luigi kann sein Glück kaum fassen. Wie benommen verläßt er das Flughafengebäude. Er sieht daher auch Inspektor Mauser nicht, der mit einem Kollegen von der Flughafenpolizei wenige Meter von ihm entfernt die Abflughalle betritt.

Eine knappe Stunde später parkt Luigi auf dem Parkplatz hinter der Pizzeria *Mamma Gina*. Er geht gleich durch den Hintereingang und klopft an die Küchentür.

„Luigi?“ sagt Mamma Gina und sieht ihn fragend an.

„Na, komm schon rein“, sagt Papa Francesco. Er führt Luigi ins Pizza-Zimmer. Dort findet ein Gespräch unter sechs Augen statt. Ganz offen spricht Luigi über seine Dummheit und sein Pech. Als Tommi hereinkommt, umarmen sich Francesco und Luigi gerade und besiegeln die Versöhnung. Der verlorene Sohn ist wieder heimgekehrt.

„Sag mal, ist das dein Ferrari, drüben auf dem Parkplatz?" erkundigt sich Tommi.

„Tja, sozusagen", bestätigt Luigi verlegen. Und dann erzählt er, wie er zu dem Wagen gekommen ist.

„Du hast also Geyer auf dem Flugplatz gesehen?" vergewissert sich Tommi. „Und zwar, ehe du mich angerufen hast?"

Luigi nickt.

„Dann kann er nicht der Mann mit der Flüsterstimme sein!" sagt Tommi düster.

In diesem Augenblick kommen Walther und Schräubchen über die Mauer durch den Küchenhof.

„Wir waren beim Revier!" ruft Walther und keucht noch vom Laufen. „Aber es war bloß Wachtmeister Moll da. Inspektor Mauser war unterwegs zum Flugplatz, Inspektor Hecht war in die Stadt gefahren."

„Aber sie haben irgend etwas Wichtiges herausgefunden", unterbricht ihn Schräubchen. „Moll machte solche Andeutungen. Außerdem klingelte dauernd das Telefon. Einem Gespräch entnahm ich, daß sie der Flüsterstimme auf der Spur sind. Er sagt, unser Tonband wäre ganz wichtig als Beweismittel für den Stimmenvergleich."

„Wenigstens *ein* Beweismittel", seufzt Tommi und denkt an sein Pech vom Vortag.

Am Abend nach Dienstschluß kommt Inspektor Mauser in die Pizzeria.

„Kann ich mal mit den tüchtigen Detektiven sprechen, ehe ich mir Ihre Pizza schmecken lasse?" sagt Mauser freundlich.

„Sie meinen Tommi und seine Freunde? Aber natürlich!" sagt Mamma Gina und lacht strahlend bei der Küchentür. „Sie haben Glück! Die ganze Bande sitzt gerade im Pizza-Zimmer!"

Als Luigi hört, daß der Inspektor da ist, besteht er darauf, daß er mit ihm sprechen kann.

„Ich glaube, ich habe ein paar wichtige Beobachtungen gemacht!“ sagt er.

Es ist ein sehr aufschlußreiches Gespräch für beide Seiten. Die Kinder erfahren, daß Inspektor Mauser lange nicht so schlafmützig gewesen ist, wie sie geglaubt haben.

Der Inspektor erfährt, daß die Kinder noch viele Einzelheiten berichten können, die für die Beweisaufnahme wichtig sind.

„Ich habe heute Bruno Geyer und seine Verlobte, Fräulein Meise, auf dem Flughafen verhaftet“, sagt Mauser. „Bis jetzt streiten sie alles ab.“

„Aber sie ist doch die Frau mit dem gelben Hut!“ empört sich Tommi.

„Das genügt nicht als Beweis. Wir müssen das Geld finden“, sagt der Inspektor.

„Vielleicht hat sie es wieder unter ihrem Hut versteckt?“ meint Tommi.

„Unter dem Hut? Nein, sie trug keinen Hut, sie hatte das Haar zu einem Knoten aufgesteckt. Moment mal, darf ich schnell telefonieren?“ ruft der Inspektor plötzlich aufgeregt.

Eine kurze Rücksprache mit dem Revier und eine Untersuchung der Haarpracht von Fräulein Meise ergibt, daß das Meisennest mit Geldscheinen gepolstert ist. Genau fünftausend Mark!

„Das ist ja ein Ding!“ sagt der Inspektor, als er es wenig später erfährt. „Es wird ihr schwerfallen, die Herkunft des Geldes zu erklären.“

„Und wer ist die Flüsterstimme?“ erkundigt sich Tommi.

„Das wissen wir selbst noch nicht“, sagt Inspektor

Mauser. „Ein Mann, den wir bisher für sehr verdächtig hielten, hat für den Zeitpunkt der Anrufe immer ein bombenfestes Alibi. Auch wenn ein Brand gelegt wurde, war dieser Mann immer gerade irgendwo bei einem fröhlichen Beisammensein, wo mindestens zwanzig Leute seine Anwesenheit bezeugten."

„Und wer ist der Mann?" will Tommi wissen.

„Das kann ich noch nicht sagen. Aber ich glaube, du kennst ihn. Zumindest dein Vater."

Diese Bemerkung regt Tommis Phantasie natürlich mächtig an, aber er kann sich beim besten Willen nicht vorstellen, wen der Inspektor verdächtigt.

Es gibt noch viel zu reden an diesem Abend, nachdem sich der Inspektor verabschiedet hat.

„Eigentlich war er richtig nett zu uns. Fast so wie zu Kollegen", findet Tommi.

„Und meine Pizza hat ihm auch geschmeckt", erklärt Mamma Gina zufrieden.

„Nur, wer der *Onkel* ist, das wissen wir immer noch nicht", sagt Schräubchen nachdenklich.

Es wird auch noch eine ganze Weile dauern, bis der Fall endgültig aufgeklärt ist.

Einmal kommt Wachtmeister Moll und will den Versicherungsvertrag sehen, den Papa Francesco abgeschlossen hat.

Es stellt sich heraus, daß es die Gesellschaft, an die er das Geld bezahlt hat, gar nicht gibt.

„Sie sind auf einen Schwindler hereingefallen. Wie viele Ihrer Kollegen!" sagt Wachtmeister Moll voller Bedauern.

Wie gut, daß Tommi gerade im richtigen Augenblick

dazukommt und erklärt: „Den Mann muß man doch ganz leicht finden können! Schräubchen, ich meine, Steffi Wagner, hat seine Autonummer aufgeschrieben!“

Schräubchens Aufmerksamkeit ist es zu verdanken, daß der Schwindler, der weder Versicherungsvertreter noch Häusermakler ist, bei einer Grenzkontrolle geschnappt wird. Er wollte mit seinem schnellen Porsche in die Schweiz entwischen, weil ihm in Sommerberg der Boden unter den Füßen zu heiß geworden war.

Und dann erlebt Inspektor Mauser noch eine Überraschung. Als er den Schwindler, wie alle Verdächtigen in diesem Fall, zur Probe auf ein Tonband flüstern läßt, stellt sich heraus, daß er die „Flüsterstimme“ ist!

Aber noch ist der Fall nicht geklärt. Mauser hat zwar des *Onkels* Stimme, aber den *Onkel* selbst hat er nicht. Auch der Mann mit der Flüsterstimme behauptet, daß er seinen Auftraggeber nie gesehen, sondern immer nur am Telefon gesprochen hat.

Das behauptet auch Geyer, dem man schließlich doch die Brandstiftungen nachweisen kann, als eine genaue Untersuchung seines Lebenslaufs ergibt, daß er schon als Brandstifter vorbestraft ist. Angeblich hat er einen Teil seiner Straftaten nur deshalb begangen, um seinem Onkel durch seine Tüchtigkeit zu imponieren und durch seine „Nebeneinnahmen“ den Mißerfolg zu vertuschen, den er bei seinen beruflichen Unternehmungen, wie zum Beispiel dem *Bella Napoli* hat. Die Brandstiftung im eigenen Lokal diente der Tarnung – und der Modernisierung!

Es ist kurz vor den Ferien, als Tommi eines Morgens beim Frühstück die Schlagzeile in der Zeitung entdeckt: *Beliebter Gemüsehändler in der Markthalle verhaftet!*

Tommi springt hoch, daß der Kaffee überschwappt und

zeigt aufgeregt auf das Foto. „Papa, Papa, schau doch nur! Das ist Erbse!“

Am Abend ruft auch Inspektor Mauser an: „Es tut mir leid, daß Sie es durch die Zeitung erfahren mußten. Aber ich war so beschäftigt, das komplizierte Netz des *Onkels* zu entwirren, daß ich in den letzten Tagen kaum zum Schlafen kam. Ich wollte Ihnen nur sagen, daß Sie jetzt wieder ruhig schlafen können – und die vier Freunde von der Pizza-Bande ebenfalls!“

Schneider-Buch

8000 München 46 · Frankfurter Ring 150 · Wien – Zürich
Titelbild und Illustration Gisela Könemund
ISBN 3 505 08873 0
Bestellnummer 8873

Ein weiterer Band ist in Vorbereitung.